Christian Oster

La grève des fées
et autres histoires

Illustrations d'Alan Mets

Neuf

l'école des loisirs

11, rue de Sèvres, Paris 6ᵉ

SOMMAIRE

LA GRÈVE DES FÉES

Depuis une semaine, rien n'allait plus au royaume de Boroman XII.

Les fées s'étaient mises en grève.

Et le roi ne savait pas pourquoi.

Elles s'étaient installées, au milieu de leur clairière, assises dans l'herbe, et, ayant étalé devant elles un jeu de l'oie géant, elles jetaient chacune à son tour leur dé en l'air. Un corbeau, dans son bec, attrapait le dé, le passait à une colombe, puis la colombe le passait à un merle, et le merle lâchait le dé, qui tombait sur le crâne d'une des trois oies que les fées avaient réquisitionnées pour le jeu.

Les oies avaient d'abord été chloroformées, puis déposées, endormies, sur la case départ. Et, quand l'une d'elles recevait le dé sur la tête, elle s'éveillait et avançait de plusieurs cases. Puis on les rechloroformait dans l'attente du prochain tour. Les fées ne se lassaient pas de ce jeu, mais les oies, si. Au bout d'un moment, elles avaient la migraine. Alors les fées leur donnaient un peu d'aspirine, les mettaient au repos, et les remplaçaient par des oies fraîches en attendant qu'elles reprissent des forces. Les fées, donc s'adonnaient à ce jeu depuis maintenant une semaine.

Le roi, lui, s'arrachait les cheveux, qu'il avait rares. À force, il devenait chauve. Il était urgent de trouver une solution.

Mais il est difficile de lutter contre des fées en grève.

Surtout quand elles ne disent pas pourquoi elles le sont.

Un émissaire du roi, pourtant, était venu les questionner.

— Qu'est-ce que vous voulez? avait-il demandé. Qu'on vous paie pour vos coups de baguette?

— Nous n'avons pas besoin d'argent, avaient-elles répondu.

— Le roi n'est pas assez gentil avec vous?

— Oh si! La question n'est pas là.

— Alors quoi? Qu'est-ce que vous voulez, à la fin?

— On n'a pas envie de le dire, avaient-elles conclu. On préférerait que vous le deviniez. Si vous le deviniez, ça prouverait que vous vous intéressez vraiment à nous. Pour nous utiliser, ça, oui! Vous êtes toujours là. Et vous êtes gentils, c'est sûr. Un bouquet de fleurs par-ci, un petit collier par-là. Mais vous ne cherchez pas à nous connaître. Eh bien, cette fois, nous vous en donnons l'occasion.

Pour savoir ce qu'elles voulaient, le roi avait donc convoqué les plus grands savants du royaume. Ils s'étaient tous grattés la tête, mais rien n'en était sorti.

Et, réellement, il eût fallu être magicien pour découvrir ce que les fées voulaient.

Et il n'y avait pas de magiciens, dans le royaume. Il n'y avait que des fées. Et des sorcières, que la grève des fées arrangeait bien. Elles pouvaient continuer à faire tranquillement leurs mauvais coups.

En attendant, donc, la grève continuait, et plusieurs personnes, dans le royaume, auraient eu besoin d'un bon coup de baguette magique.

Il y avait le géant, transformé en nain par une sorcière vraiment pas intéressante, dont je préfère ne rien dire. Et le roi tenait beaucoup à ce géant, qui, pour les gros travaux, était très utile au royaume. Alors, en attendant que les fées voulussent bien arrêter leur grève, ce qui ne manquerait pas de se produire un jour ou l'autre, selon lui, car il était optimiste de nature, le roi avait souhaité préparer le nain à redevenir géant.

Il avait donc fait venir le nain à l'orée de

la forêt pour que les fées, quand elles arrête-
raient leur grève, s'en trouvassent le plus
proches possible quand il s'agirait de lui donner un coup de baguette. Là, le roi avait
ordonné au nain de monter sur un escabeau,
afin de s'entraîner à voir les choses de haut,
en prévision du moment où il redeviendrait
géant grâce aux fées. Le nain ne croyait pas
trop aux vertus de cet exercice, mais il avait
obéi au roi. Et, juché sur son escabeau, il
essayait de toutes ses forces de s'imaginer en
géant. Pour cela, il tentait de se souvenir du
temps où il était géant, mais la sorcière qui
l'avait transformé lui avait brouillé la mémoire, et ce n'était pas facile. En plus, quand
il regardait les pieds de l'escabeau, il ne les
confondait jamais avec les siens et ça le
décourageait. Cependant, le roi, à toutes fins
utiles, tenait absolument à lui faire suivre ce
stage.

Il y avait aussi l'ex-ministre des Relations
extérieures, transformé en crapaud par une

sorcière maniaque, guère plus intéressante que la précédente. Le roi l'avait fait venir à l'orée de la forêt, aux côtés du nain, pour lui donner des cours de maintien. L'idée du roi, c'était de réapprendre à son ex-ministre, pour commencer, à baiser la main des dames, ce qui est très utile pour les relations extérieures. Duchesses et marquises, sur ordre du roi, se présentaient donc tour à tour devant le crapaud et lui donnaient leur main à baiser. Le crapaud, devant leur air dégoûté, ne se sentait pas très à l'aise et, ayant maladroitement souillé la blanche main qu'on lui tendait, devenait tout rouge. Or ça ne l'aidait pas beaucoup à rentrer dans sa peau de ministre. En effet, un ministre ne doit surtout pas être timide. Mais le roi tenait beaucoup à lui faire suivre ce stage, en vue de sa prochaine transformation.

Quant au fier cavalier de sa garde personnelle qu'une sorcière, encore moins intéressante que les autres, avait transformé en cheval, le roi l'avait soumis au même régime. Il avait fait venir le cheval à l'orée de la forêt pour le préparer, en prévision du jour où les fées le retransformeraient en cavalier, à monter à cheval. Or il est très difficile de faire monter un cheval à cheval. Tout ce que le pauvre cheval, ex-cavalier, arrivait à faire, c'était de monter en amazone, comme une cavalière. Pour un futur cavalier, c'était ennuyeux, mais le roi tenait beaucoup à ce qu'il s'entraînât à cet exercice.

Chaque jour, à l'orée de la forêt, il venait encourager les stagiaires. Mais aucun ne faisait de véritables progrès. En outre, le nain, en haut de son escabeau, au lieu de s'habituer à l'altitude, commençait à avoir le vertige. Le crapaud, à force de baiser la main des dames, était perpétuellement rouge, et on craignait qu'il n'explosât. Quant au cheval, maintenant, il lui arrivait même de tomber de cheval. C'était une vraie catastrophe. Mais le roi s'entêtait.

— Ce stage de reconversion est-il bien utile, Majesté? lui demanda cependant un jour son conseiller personnel. Ne devrions-nous pas plutôt faire une nouvelle tentative auprès des fées pour qu'elles reprennent le travail? L'important n'est-il pas de maintenir le dialogue avec elles?

— Mais elles sont aussi entêtées que moi! protesta le roi. La dernière fois que nous leur avons envoyé un émissaire, elles n'ont même pas levé la tête de leur jeu pour lui répondre! C'est humiliant, à la fin!

— Peut-être, alors, suggéra le conseiller, pourrions-nous tenter de les espionner pour savoir ce qu'elles veulent?

— Les espionner? ricana le roi. Et comment comptez-vous vous y prendre, pour espionner des fées? Vous nous croyez plus malins qu'elles, peut-être?

— C'est-à-dire que j'ai pensé à quelque chose, répliqua le conseiller. Si Votre Majesté m'autorise à lui en parler…

— Faites, faites, répondit le roi, mais vite. Je suis pressé, j'ai rendez-vous avec le coiffeur royal, il doit me donner une lotion pour mes cheveux.

— Eh bien, voilà, commença le conseiller. J'ai pensé à votre fils cadet, que Votre Majesté élève en pot depuis qu'il a été transformé en brin d'herbe. Vous vous en souvenez, je suppose ? Vous l'avez installé sur le balcon de votre chambre.

En vérité, le roi ne se souvenait pas bien de son fils cadet depuis qu'il avait été transformé en brin d'herbe. Il avait beau l'arroser chaque jour, il ne voyait plus en lui qu'un brin d'herbe, et il est difficile de s'attacher à un brin d'herbe, même quand on en est le père. C'est la dure loi de la nature. Tout de même, le roi finit par réagir.

— Ah, mon pauvre fils ! s'exclama-t-il. Quand je pense qu'il a été transformé par la pire des sorcières au moment même où les fées se mettaient en grève ! Malheureusement, je ne peux guère envisager de lui faire suivre un stage. Comment voulez-vous réapprendre à un brin d'herbe les manières d'un prince ? Mais pourquoi, au juste, me rappelez-vous ce souvenir cruel, conseiller ?

— Justement, Votre Majesté. J'ai pensé que votre fils cadet, dans l'état où il est, pourrait aisément espionner pour notre compte. Les fées adorent les fleurs. Il suffirait d'en planter quelques-unes autour de votre fils, dans son pot, et de les leur offrir. Notre émissaire pourrait s'en charger.

— Hum, fit le roi en se grattant le menton. C'est une idée, après tout. Même les fées ne se méfieront pas d'un brin d'herbe. Mais je préférerais que ce soit vous, conseiller, qui leur portiez ces fleurs. Vous aurez davantage de poids.

— Je voulais précisément vous le proposer, Votre Majesté. J'ai bien conscience qu'il s'agit d'une mission délicate.

— Soit, décida le roi. Je vous donne carte

blanche, conseiller. Mais, auparavant, je voudrais embrasser mon fils.

Et le roi, oubliant son rendez-vous avec le coiffeur, se rendit dans sa chambre et en ouvrit la fenêtre. Son fils cadet se tenait là, sur le balcon, bien vert, bien frais et vif, fièrement dressé dans son pot. Mais, pour ce qui était de la conversation, il ne fallait pas trop y compter. Le fils cadet du roi écouta sans un mot ce que son père avait à lui dire et se pencha légèrement comme s'il hochait la tête en signe d'acquiescement. Mais le roi n'était pas sûr que ce ne fût pas le vent, tout bêtement, qui l'inclinait. Après quoi, le roi déposa un baiser sur son beau brin de fils, comme s'il lui embrassait le front, puis il le quitta pour retrouver le coiffeur royal et fit venir le conseiller.

— Il est à vous, maintenant, lui dit-il.

Resté seul avec le fils cadet du roi, le conseiller lui réexpliqua ce qu'il aurait à faire. Le fils du roi, dans son pot, s'inclina de nouveau en signe d'acquiescement. Apparemment, il n'y avait pas un souffle de vent, à ce moment-là, et le conseiller se dit que le brin d'herbe avait bien compris le sens de sa mission : il lui suffirait d'écouter, une fois que les fées auraient accepté le pot de fleurs en guise de présent, tout ce qu'elles pourraient bien se dire. Et peut-être apprendrait-il ainsi ce qu'elles voulaient.

Le conseiller emporta ensuite le pot et le déposa près d'une plate-bande dans le jardin royal, où il préleva quelques fleurs. Il les planta autour du fils du roi, de façon à le dissimuler. Puis, s'apercevant qu'un seul brin d'herbe dans un pot de fleurs risquait de paraître suspect aux yeux des fées, il cueillit quelques autres brins dans la plate-bande et les piqua dans la terre du pot, de façon que le fils du roi ne parût plus qu'un simple brin d'herbe parmi les autres. Cela fait, il partit avec le pot en direction de la forêt.

Les fées, toujours absorbées par leur jeu de

l'oie, ne le virent même pas arriver dans la clairière.

— Bonjour, mesdames, leur lança à voix basse le conseiller, pour éviter de les faire sursauter.

— Tiens, fit Aurore la blonde en se retournant, nous avons une visite. Et pas de n'importe qui, s'il vous plaît! Il s'agit du conseiller du roi en personne!

— Diable! s'exclama Ariane la brune en se retournant à son tour. On nous gâte!

— Ça cache sûrement quelque chose, observa Josette la rousse.

— Cessez donc de vous moquer, leur répondit le conseiller sans perdre contenance. Vous nous donnez déjà du souci, alors ne vous mêlez pas de surcroît de faire les insolentes. Par ailleurs, il est vrai que je vous cache quelque chose.

Et, de derrière son dos, où il maintenait ses mains, il fit apparaître le pot de fleurs.

— C'est pour vous, de la part du roi, leur

dit-il en leur tendant le pot. Le roi veut vous montrer sa bonne volonté et vous faire savoir qu'il ne vous en veut pas. Néanmoins, si vous vouliez bien lui dire ce que vous désirez, il s'en réjouirait. Car votre grève se révèle bien longue, et vos pouvoirs commencent à nous manquer cruellement.

— Oh, quelles belles fleurs! s'écria Aurore la blonde. Des crocus, en plus! Ce sont mes préférées!

— Ravissant! s'exclama Ariane la brune.

— Il est vrai que nous ne manquons pas de fleurs, dans la forêt, mais l'attention est touchante, fit remarquer Josette la rousse. Bien entendu, nous ne vous dirons pas davantage ce que nous voulons. Il y va de notre dignité de fées.

— Et la dignité du roi, protesta le conseiller, vous y pensez, quelquefois?

— Évidemment, concéda Aurore, nous reconnaissons que pour lui la situation est difficile. Mais nous n'y pouvons rien.

— Entendre ça de la bouche d'une fée! s'indigna le conseiller. «Nous n'y pouvons rien!» C'est tout de même un monde!

— Mais peut-être que le monde change, monsieur le conseiller, fit observer mystérieusement Josette.

— Ce n'est pas tout à fait ce genre de formule que nous escomptons vous entendre prononcer, madame, rétorqua le conseiller. Mais enfin, à votre aise. Vous avez le bonjour du roi.

«Bon, se dit le conseiller comme il quittait la clairière, je crois que je ne m'en suis pas mal tiré. Elles ne se doutent probablement de rien.»

Cependant, la fée Aurore, qui avait reçu le pot de fleurs des mains du conseiller, l'avait déposé au milieu de la clairière, sans plus s'en préoccuper, et s'en était retournée avec ses deux collègues jouer au jeu de l'oie. Aurore lança le dé, car c'était son tour. Comme à l'accoutumée, le corbeau attrapa le dé dans son bec, le passa à la colombe, qui le passa au merle, qui le lâcha sur la tête de l'oie, qui s'éveilla brusquement et avança de cinq cases. Ensuite, ce fut au tour d'Ariane, puis de Josette, mais les fées semblaient moins concentrées que d'habitude.

— Je crois que j'en ai un peu assez, de ce jeu, finit par dire Aurore. Et puis c'est stupide. Ce serait plus intéressant s'il y avait des chiffres inscrits sur le dé, avec des oies factices. On regarderait le chiffre que montrerait le dé, une fois tombé, et on ferait avancer les oies factices du nombre de cases correspondant. En plus, comme ça, on ne serait plus obligées de remplacer les oies.

— Tu n'as pas tort, concéda Ariane. D'autant qu'au rythme où nous jouons nous allons bientôt manquer d'oies. Nous allons devoir utiliser les chouettes de la forêt, si ça continue.

— Et ensuite les écureuils, renchérit Josette. Et il nous faudra appeler ça le jeu de l'écureuil.

— Ah non, protesta Aurore, pas question! Ça n'existe pas, ça, comme jeu.

— C'est vrai, dit Ariane, il va falloir trouver une solution.

Elles observèrent un silence. Cependant le brin d'herbe, dans son pot au milieu de la clairière, continuait de tendre l'oreille.

— Le problème, finit par dire Aurore, c'est qu'ils ne devineront jamais que ce que nous voulons, c'est simplement changer de baguettes. Que nous utilisons le même modèle de baguettes depuis mille cinq cents ans, et que nous en avons assez. Ces baguettes en noisetier sont d'un démodé, de nos jours! Quand je pense que nous allons être obligées de poursuivre la grève et de continuer à jouer à ce jeu stupide parce qu'ils sont incapables de découvrir ce que nous voulons!

— Et même si nous le leur disions, ajouta Ariane, ils ne comprendraient pas que nous n'en changions pas nous-mêmes. Le roi ne peut évidemment pas imaginer que la seule chose qu'une fée ne puisse pas transformer d'un coup de baguette, c'est justement sa baguette ! Surtout pour la transformer en baguette !

— Tu as raison, intervint Josette, c'est bien trop compliqué à comprendre, pour quelqu'un qui n'est pas fée.

Le brin d'herbe, dans son pot, écoutait de toutes ses oreilles et se disait que sa mission, décidément, prenait bonne tournure. La seule chose qu'il regrettait, c'était de ne pas avoir emporté de stylo ni de papier pour noter tout ce que disaient les fées. Bien sûr, il n'avait pas de mains pour écrire, mais, comme il craignait aussi de manquer de mémoire, il ne pouvait pas s'empêcher de penser à ce problème de stylo et de papier. Et ça le rendait nerveux.

— Pourtant, continuait justement Aurore, ce n'est pas faute d'avoir essayé.

— C'est juste, acquiesça Ariane. Tu te souviens quand tu as essayé de transformer ma baguette en baguette fluo ?

— Ce jour-là, se souvint Aurore, il a seulement fait nuit en plein jour et les étoiles se sont décrochées du ciel. La forêt était tout illuminée parce que les arbres en étaient couverts. Nous étions très émues. Mais ta baguette est restée de bois.

— Et toi, Ariane, se rappela Josette, quand tu as voulu transformer la mienne en baguette-aquarium, avec un vrai poisson rouge à l'intérieur. Tu te souviens ?

— Le sol s'est ouvert sous nos pieds, se souvint en effet Ariane, et nous nous sommes retrouvées toutes les trois dans le grand océan du sous-sol, à nager avec les requins-guignols. Qu'est-ce qu'on a ri ! Mais ta baguette est restée de bois.

— Et toi, Josette, se souvint Aurore, quand tu as voulu transformer la mienne en baguette pliante, pour que je puisse la ranger dans une poche sans qu'elle dépasse.

— C'est la forêt qui s'est pliée en deux, ce jour-là, raconta Josette, et nous nous sommes

retrouvées coincées dans un fouillis de bran-
chages. Si nous n'avions pas été immortelles,
nous serions mortes étouffées.

— Mais ma baguette est restée de bois,
conclut Aurore.

— Eh oui! soupirèrent Josette et Ariane.

— Alors qu'il serait si simple de demander
au roi de nous en faire fabriquer des neuves,
poursuivit Aurore. L'atelier royal n'est pas fait
pour les chiens!

— Sauf que nous ne pouvons pas le lui
demander, rappela Ariane.

— Eh non! soupirèrent Aurore et Josette.

— Par ailleurs, ajouta Ariane, il est hors de
question que nous fabriquions nos baguettes
nous-mêmes.

— Quelle humiliation ce serait! renchérit
Aurore.

— Je ne te le fais pas dire! conclut Josette.

Le brin d'herbe, de son côté, était ravi
d'avoir si bien rempli sa mission. Il se deman-
dait seulement comment il allait rentrer au

palais royal pour faire son rapport. On ne lui avait pas expliqué comment procéder pour se déplacer d'un point à un autre quand on est planté en pot. Ni, du reste, en pleine terre. Il attendit donc. La nuit tomba et il finit par s'endormir. Le lendemain matin, le conseiller du roi se rendit de nouveau dans la clairière. Les fées n'y jouaient plus au jeu de l'oie. Elles se prélassaient sur l'herbe et ne faisaient rien du tout tandis que les oies, qui n'étaient plus chloroformées, couraient sur le jeu en tous sens.

— Bonjour, mesdames, lança le conseiller aux fées sans plus se donner la peine de baisser la voix. Alors, vous avez réfléchi?

Il était beaucoup moins aimable que la veille, ce qui n'échappa à aucune des fées.

— Réfléchi à quoi? lui demanda Aurore. Nous devions réfléchir à quelque chose?

— Puisque vous le prenez sur ce ton, répondit sévèrement le conseiller, je me vois dans l'obligation de vous reprendre votre cadeau.

— Quel goujat ! s'écria Ariane. Reprendre un cadeau !

— C'est une honte ! s'exclama Josette.

— De toute façon, remarqua le conseiller, vous n'avez pas l'air d'en avoir beaucoup profité. Vous l'avez laissé là au milieu de la clairière.

— C'est le problème de ce genre de cadeau dans une forêt, intervint Aurore. On ne sait pas trop quoi en faire.

— En tout cas, je le reprends, dit le conseiller, et il se dirigea vers le pot de fleurs.

Les fées, cependant, l'observaient à distance avec un petit sourire.

— Alors, s'enquit le conseiller auprès du fils du roi, à voix basse cette fois, est-ce qu'elles ont parlé ?

Il n'osait pas trop espérer que le brin d'herbe lui répondrait, mais enfin il tentait sa chance.

— Oui, murmura le brin d'herbe, et j'ai appris tout ce que mon père voulait savoir.

— Fort bien répondit le conseiller, et je vous félicite pour vos progrès en élocution. Permettez que je vous remporte, ajouta-t-il, et il prit le pot sous son bras.

En repassant devant les fées avant de quitter la clairière, il baissa un peu les yeux, honteux, mais les fées ne lui adressèrent pas un mot. Juste un sourire, qui le mit mal à l'aise.

— Hé, conseiller, fit le brin d'herbe quand ils se furent éloignés, et si elles n'avaient pas parlé? Vous m'auriez laissé?

— Évidemment, répondit le conseiller. Le temps qu'elles parlent. De toute façon, vous n'êtes pas mal, dans ce pot, en compagnie de ces jolies fleurs, avouez. Et puis ça vous entraîne à faire votre choix pour prendre femme, en attendant que les fées vous retransforment en prince. Je n'y avais pas songé, mais c'est exactement le stage de reconversion dont votre père n'osait même pas rêver pour vous. C'est que vous êtes bientôt en âge de vous marier.

— C'est juste, conseiller, répondit le brin d'herbe. D'ailleurs, je voulais vous prier de me laisser en compagnie de ces fleurs.

— Je pense que le roi n'y verra pas d'objection, répondit le conseiller.

Comme ils disparaissaient à leur vue, les fées cessèrent de sourire. Puis elles se mirent à rire.

— Quel ballot, ce conseiller! s'exclama Aurore. Quand je pense qu'il a cru nous abuser avec son pot de fleurs! J'ai tout de suite repéré le brin d'herbe.

— Moi aussi, fit Ariane. Avec son faux air de prince, il ne trompait personne!

— Je pense bien, renchérit Josette. On l'aurait reconnu dans une pelouse!

— Enfin, reprit Aurore, l'essentiel, c'est qu'il nous ait entendues.

— Comme ça, nous n'aurons rien demandé, et le roi saura quand même ce que nous voulons, fit Ariane.

— Et voilà comment on conserve sa dignité de fée, conclut Josette.

Cependant, le conseiller du roi arrivait au château avec le pot sous le bras.

— Ah, mon fils, s'exclama le roi en les voyant, que je suis heureux de te revoir! Alors, qu'as-tu appris?

Et le brin d'herbe raconta tout au roi. Celui-ci était ravi que son fils s'exprimât si bien, mais il semblait inquiet.

— De nouvelles baguettes? s'interrogea-t-il. Mais l'atelier royal ne produit plus ce genre d'article depuis Clodomir V! En mille cinq cents ans, tu te rends bien compte que nos artisans ont perdu la main!

— Du reste, Votre Majesté, intervint gravement le conseiller, rien de ce que les fées réclament n'existe encore. La peinture fluo n'a pas été inventée, que je sache, et je doute qu'on invente jamais de baguettes-aquariums avec un vrai poisson rouge à l'intérieur. Quant aux baguettes pliantes, je n'aurais même pas songé que ça pouvait exister.

— Ah, c'est embarrassant, fit le roi.

Et tous trois se turent longtemps, l'air soucieux. Puis le roi sortit de ses réflexions.

— Je ne vois qu'une solution. C'est encore vous qui allez vous dévouer, conseiller. Vous allez emprunter la machine.

— La machine? frémit le conseiller. Oh non, Sire, pitié! La dernière fois que vous me l'avez fait utiliser, parce que vous vouliez savoir si au prochain siècle on parlerait encore de vous, j'ai fait une erreur de manœuvre et je me suis retrouvé au sommet de la tour Eiffel, suspendu à l'antenne par le col de mon pourpoint! En plus, d'en bas, un groupe de touristes en short m'a montré du doigt! Qu'est-ce que j'ai eu honte!

— Justement, insista le roi. Je voudrais que vous y retourniez, conseiller.

— Sur la tour Eiffel?

— Mais non, bien sûr. Au vingtième siècle. C'est sûrement à cette époque qu'on inventera les baguettes fluo, les baguettes pliantes et les baguettes en plastique transparent.

— Vous croyez, Votre Majesté ? Avec un vrai poisson rouge à l'intérieur ?

— Mais je n'en sais rien ! se fâcha le roi. Vous verrez bien ! Vous n'aurez qu'à entrer dans n'importe quel magasin et circuler dans les rayons ! Je vous donne à nouveau carte blanche, conseiller.

— Carte blanche, carte blanche, répéta le conseiller, Votre Majesté, comme vous y allez !

— Ce n'est pas moi qui y vais, le coupa le roi. C'est vous. Bonne chance.

Et le conseiller dut s'exécuter. Il se rendit dans l'atelier du roi, où se trouvait entreposée la machine. Il s'agissait d'un simple fauteuil aux bras recouverts de velours et à commande vocale. Le conseiller, pas très sûr de lui, s'y installa et, d'une voix faible, prononça les mots suivants :

— Vingtième siècle, sur ordre du roi ! Ah, j'oubliais : plutôt en ville, de préférence.

Mais le fauteuil s'était déjà mis à vibrer et le conseiller n'était pas sûr qu'il eût entendu tout ce qu'il venait de dire. Le conseiller vibrait, lui aussi, et la peau de son visage était toute plissée, et les yeux lui sortaient de la tête, et les cheveux de sa perruque avaient l'air coupés en brosse. De temps en temps, il tirait une langue toute raide, mais c'était juste parce qu'il avait besoin d'ouvrir la bouche pour respirer, et qu'alors sa langue était entraînée par la force centrifuge.

Heureusement, la machine avait enregistré la totalité de ses instructions, et le conseiller se retrouva très vite au vingtième siècle ou un peu à cheval sur le vingt et unième, il avait juste un petit doute à ce sujet. Son fauteuil aussi était à cheval, entre la chaussée et le trottoir. En tout cas, le conseiller était à Paris, dans la rue de Rivoli, face au Bazar de l'Hôtel de Ville. Sans attendre de reprendre ses esprits, il y entra.

Évidemment, tout le monde le regardait, avec son pourpoint rouge, ses chausses vertes et ses souliers à boucles, sans même parler de sa perruque, tout ébouriffée encore par le voyage, mais le conseiller, lui, s'en fichait, il ne regardait personne. Il descendit tout de suite au sous-sol du magasin pour y explorer le secteur de l'outillage et, malheureusement, ne trouva rien de ce qu'il cherchait. Finalement, il se renseigna auprès d'un vendeur qui fut fort aimable avec lui.

— C'est de plus en plus rare, lui dit le vendeur, de rencontrer des clients qui font leurs courses habillés comme pour un bal costumé. Notre époque est devenue si triste que plus personne n'ose se déguiser!

— Je vous remercie de votre gentillesse, répondit le conseiller, mais pourriez-vous me dire où j'ai une chance de trouver ces baguettes?

— Ah, pas ici, c'est certain! rétorqua cordialement le vendeur. Au sous-sol, nous ne vendons de baguettes qu'au rayon électricité. Vous devriez peut-être essayer le rayon des jouets, au deuxième étage.

Le conseiller prit donc l'escalator, en se tenant fermement à la rampe. Au rayon des jouets, il croisa quelques enfants qui, le prenant aussitôt pour un animateur payé par le magasin, s'arrachèrent à leurs parents et firent cercle autour de lui.

— Non, non, protesta-t-il, je fais simplement mes courses, frais bambins, laissez-moi donc passer !

— Frais bambins ? releva l'un des enfants. Qu'est-ce que ça veut dire ?

— Ça veut dire sales mioches ! se fâcha le conseiller, et il repoussa énergiquement les enfants.

Une vendeuse, enfin, lui indiqua le minuscule rayon des baguettes magiques, et le conseiller, l'ayant remerciée, s'y dirigea. Il trouva tout de suite une baguette fluo, avec une étoile collée au bout, et, encouragé par ce premier succès, chercha une baguette-aquarium. Mais il n'y croyait pas vraiment. Il était même, en vérité, désespéré à l'avance, tant il lui semblait impossible qu'on eût inventé pareille niaiserie. Or il la trouva, et il se sentit très reconnaissant envers le Bazar de l'Hôtel de Ville. C'était une baguette en plastique transparent, avec de l'eau à l'intérieur, et il y avait même un poisson rouge. Le seul problème, c'est que le poisson rouge était aussi en plastique et qu'il n'était pas rouge. C'était un poisson bariolé. Le conseiller retourna voir la vendeuse avec les deux baguettes en main.

— Vous n'en auriez pas une avec un vrai poisson, et qui soit rouge ? lui demanda-t-il.

La vendeuse le prit pour un farceur, puis pour un fou, et enfin pour un casse-pieds, et elle allait franchement se mettre en colère quand le conseiller, réfléchissant, puis s'excusant auprès d'elle de se montrer si exigeant, lui demanda si on ne proposait pas en revanche, au rayon jouets, de baguettes magiques qui fussent pliantes. Il n'en avait pas vu.

Sans doute parce que cette demande lui semblait moins extravagante que la précédente, la vendeuse se radoucit.

— Non, nous ne disposons pas de ce genre d'article, lui répondit-elle. Les seuls objets pliants que nous vendions, ce sont des lits, au troisième étage, ou encore des mètres. Des mètres pliants. Mais vous trouverez plutôt ça au sous-sol, dans le secteur de l'outillage.

Le conseiller, qui n'avait pas envie de faire tous les magasins de la ville, se dit qu'après tout un mètre pliant pourrait bien convenir, et il redescendit au sous-sol voir son vendeur. Cette aimable personne lui indiqua où se trouvaient les mètres pliants, et le conseiller repartit avec ses trois articles, un peu déçu, sans doute, mais conscient d'avoir tenté tout ce qui était en son pouvoir. Dehors, il retrouva son fauteuil, garé entre deux voitures, à cheval sur le trottoir, mais une femme en uniforme, qui tenait en main un long carnet à souche, l'interpella :

— Ce véhicule est à vous ?

— Oui, voulut bien reconnaître le conseiller.

— Il ne faut pas le laisser là. Il gêne.

— Je m'en vais tout de suite, répondit le conseiller. Mais, ajouta-t-il, intrigué, comment savez-vous qu'il s'agit d'un véhicule ?

— Mais parce qu'il est mal garé ! lui répondit la préposée. Allez, c'est bon ! Pour cette fois, je ne vous dresse pas de procès-verbal. Circulez !

Le conseiller ne se le fit pas répéter. Il donna ses ordres au fauteuil et, le visage complètement ratatiné par la force centrifuge, comme à l'aller, il se retrouva en quinze secondes plusieurs siècles en arrière. Le roi, impatient, guettait son retour sur le perron du palais.

— Alors ? lui demanda-t-il.

— Je crois que j'ai ce qu'elles réclament, répondit le conseiller.

Et il montra les baguettes.

— Pas mal, pas mal, conseiller, apprécia le roi. Mais ce n'est pas un vrai poisson. Et puis il n'est pas rouge. Et ce mètre pliant n'est pas une baguette. Enfin, j'espère que les fées ne se montreront pas trop difficiles.

Le conseiller trouvait le roi bien optimiste. Pas difficiles, les fées? Le roi semblait avoir oublié les épreuves qu'elles lui avaient fait endurer, depuis le début de la grève. «Enfin, se dit-il, après tout, c'est le roi qui décide. On verra bien!»

Le jour même, il se rendit avec le roi dans la forêt. Le roi avait emporté avec lui les baguettes, bien sûr, mais également le pot de fleurs où poussait son fils cadet, afin que les fées, munies de leurs nouvelles baguettes, le transformassent sans plus attendre, pour signifier leur reconnaissance et la reprise du travail. Ensuite, elles s'occuperaient du nain, du crapaud et du cheval.

Le conseiller n'était pas très rassuré. Il s'attendait même au pire. Le roi, qui tenait les trois baguettes cachées derrière son dos, tandis que le conseiller, sur son ordre, tenait le pot de fleurs, également derrière son dos, salua sans plus attendre les fées, qui étaient en train de dormir, allongées dans la clairière.

— Mes respects, mesdames! fit-il d'une voix forte.

— Oh, Sire, s'exclama Aurore en s'éveillant brusquement. Pardonnez-moi, je ne vous avais pas entendu venir. Et ma robe est toute froissée.

— Pas de cérémonie entre nous, voyons, répliqua le roi. Réveillez plutôt vos collègues, nous vous apportons une surprise.

Ariane, cependant, s'éveillait à son tour.

— Pardon, Sire, je suis affreuse. Laissez-moi me donner un coup de brosse.

— Je vous en prie, fit le roi, restez comme vous êtes.

Puis Josette s'éveilla.

— Sire! s'exclama-t-elle. Tout de même, vous auriez pu frapper!

— Frapper? s'étonna le roi.

— Au tronc du grand chêne creux, à l'entrée de la clairière, répondit Josette. Je n'ai même pas eu le temps de me maquiller! Et j'ai tellement dormi que je dois avoir des cernes épouvantables! Ah, je vous en prie, Sire, ne me regardez pas!

— Mais je ne vous regarde pas, répondit le roi. Je sollicite votre attention. À toutes les trois. C'est d'ailleurs notre intérêt à tous. Puis-je vous considérer comme prêtes?

— Bon, je crois que ça ira, fit Aurore.

— Entendu, dit Ariane. On vous regarde.

— Dans ces conditions, dit Josette, d'accord. Mais, si ça ne vous ennuie pas, je mets mes lunettes de soleil.

— Mettez, mettez, fit le roi. Bien. Tout le monde y est?

— On y est, firent les trois fées.

— Quelle main? demanda le roi.

Il avait toujours les mains derrière le dos, de même que le conseiller.

— Heu, fit Aurore en portant un index à ses lèvres. La gauche.

— Oui, mais laquelle? demanda le roi. La mienne ou celle de monsieur le conseiller?

— Ben…, fit Ariane.

— Je sens qu'il y a un petit piège, là, intervint Josette. Moi, je dis celle de monsieur le conseiller. Mais la droite.

Le conseiller montra sa main droite. Elle était vide.

— La gauche, alors, fit Ariane.

Le conseiller montra sa main gauche. Elle tenait le pot de fleurs, mais pas longtemps. Le conseiller eut tout de suite besoin de la droite pour l'empêcher de tomber.

— Ah, vous nous rendez notre cadeau, nota Aurore. C'est gentil.

— Disons que c'est correct, intervint Ariane.

— Moi, je dirais que c'est un minimum, fit Josette.

— Attendez, dit le roi, ce n'est pas fini.

Et il répéta, bien sûr, avec un sourire gourmand, le même jeu avec ses mains à lui. Puis il exhiba les trois baguettes.

— Ma baguette fluo ! s'écria Aurore.

— Ma baguette-aquarium avec un vrai poisson rouge dedans, s'écria Ariane. Ah, ajouta-t-elle en se penchant sur la baguette, non, ce n'est pas un vrai. Et il n'est pas rouge. Enfin, ça ne fait rien, c'est encore mieux que ce que j'avais rêvé ! Quelles jolies couleurs ! Et puis je n'aurais pas besoin de le nourrir. Merci, Majesté ! Mais comment avez-vous deviné ?

— Ah, ça… fit le roi.

Et il adressa au conseiller un discret clin d'œil.

— Mais qu'est-ce que c'est ? s'écriait cependant Josette. Ce n'est pas une baguette !

— Non, répondit le roi. C'est un mètre. Mais il est pliant. Dépliez-le d'abord, pour voir.

Josette déplia le mètre.

— Et il est en métal, ajouta le roi. Gradué des deux côtés.

— Mouais, dit Josette. Enfin, je ne veux pas faire la difficile. Mes collègues ont l'air contentes, c'est déjà ça. Merci, Majesté.

Elle avait une toute petite voix.

— D'ailleurs, vous pouvez l'essayer sur ce pot de fleurs, reprit le roi. J'y ai planté mon fils, qui a été transformé en brin d'herbe par une sorcière stupide.

— Ah oui? fit Josette. Quelle drôle d'idée, vraiment!

Et les fées échangèrent un discret clin d'œil.

— Allez, essayez, dit le roi.

Josette, de son mètre déplié, toucha le pot de fleurs.

Rien ne se produisit.

— Ah, c'est ennuyeux, fit le roi. Essayez à votre tour, Ariane.

Ariane abaissa sur le pot de fleurs sa baguette-aquarium.

Rien.

— Aurore, fit le roi, extrêmement inquiet, essayez à votre tour, je vous prie.

Aurore abaissa sa baguette fluo.

Rien.

— Dites donc, conseiller, fit le roi, on dirait que vous vous êtes fait avoir. Dans quel magasin les avez-vous achetées, déjà ? Rappelez-moi de lui faire un procès !

— Un magasin ? intervint Aurore.

— Achetées ? fit Ariane.

— C'est scandaleux ! s'exclama Josette.

— Écoutez, mesdames, dit le roi, nous avons fait ce que nous avons pu pour vous complaire. Et nous ne nous considérons pas comme responsables de ce qui arrive ou, plutôt, de ce qui n'arrive pas. Alors je vous demanderai en retour un petit effort. Reprenez le travail. Faisons la paix. Gardez ces nouvelles baguettes en souvenir de notre amitié retrouvée et veuillez bien utiliser les anciennes. J'en ai plus qu'assez de voir mon fils confiné dans ce pot et nous avons encore du monde qui attend à la lisière. Un nain, un crapaud et un cheval.

Les fées parurent réfléchir.

— Laissez-nous un instant, Majesté, dit enfin Aurore, je vous prie. Nous devons discuter.

Le roi et le conseiller s'éloignèrent. Les fées discutèrent. Aurore revint vers le roi.

— C'est d'accord. On reconnaît que vous avez fait votre possible.

— Bon! fit le roi. Fort bien!

Les fées se présentèrent devant le pot de fleurs, munies de leurs anciennes baguettes, et toutes trois les levèrent, prêtes à les abaisser.

— Stop! cria le brin d'herbe.

— Tiens, fit ironiquement Ariane, la baguette restée en l'air, votre fils parle, Sire. Je croyais qu'il se contentait d'écouter.

Le roi ne releva pas la remarque. Il était pétrifié.

— Que se passe-t-il, mon fils? demanda-t-il au brin d'herbe. Où est le problème?

— J'en ai un peu assez qu'on me transforme, avoua le brin d'herbe.

Et, pour la première fois, le roi s'aperçut
que l'extrémité du brin était un peu penchée
sur la gauche, vers la tige d'une fleur, autour
de laquelle, lui sembla-t-il, son fils était sur le
point de s'enrouler.

— La vérité, père, poursuivit le brin
d'herbe, c'est que j'aime beaucoup cette
fleur, depuis que vous l'avez plantée à mes
côtés.

— Je comprends, fit gravement le roi, qui
était un homme de ressources, capable de
s'adapter très vite à toutes les situations. Mais
qu'à cela ne tienne, mon fils! Nous allons
transformer cette fleur en princesse, tu
l'épouseras, et le tour sera joué! Les fées sont
avec nous, désormais.

— C'est que, reprit le brin d'herbe, ce
n'est pas tout à fait ce que je souhaite. Voyez-
vous, père, je me plais assez bien, en défini-
tive, en pot. Je crois que je suis plutôt

d'humeur sédentaire, et il me déplairait d'avoir trop à circuler.

— Ton frère aîné, qui était transformé en fauteuil, lui fit remarquer le roi, était bien content de retrouver sa mobilité, quand nos amies lui ont rendu son identité première.

— Question de tempérament, fit le brin d'herbe.

Et il avait l'air bien décidé à ne pas bouger de là.

— J'y perds décidément mon latin! soupira le roi. Mais je ne veux pas être un mauvais père. Et puis après tout ce n'est pas toi qui me succéderas, c'est ton frère. Veuillez remporter mon fils et sa fleur sur le balcon de ma chambre, conseiller.

Le conseiller s'exécuta, quittant la clairière avec le pot. Le roi, resté seul avec les fées, et désireux de faire face à ses responsabilités, garda pour lui sa déception et proposa aux fées de passer à la suite des opérations. Ils se rendirent ensemble à la

lisière de la forêt, où se trouvaient les stagiaires.

Mais le nain, quand les fées levèrent leurs
baguettes, protesta qu'il voulait rester nain.
L'idée de redevenir géant l'effrayait et, plus
encore que sa station au sommet de l'escabeau, lui donnait le vertige. En échange de sa
non-transformation en géant, il proposa au
roi tous les menus services qu'un nain peut
être capable de rendre. Aider le roi à boucler
son ceinturon, par exemple.

— Eh bien, fit le roi, on ne peut pas dire
que mon royaume se renforce! Enfin! Je ne
veux pas le malheur de mes sujets.

Le crapaud, lui, déclara que décidément il
se trouvait trop timide. L'idée d'avoir à baiser
la main des épouses des ministres étrangers
l'épouvantait. Il proposa au roi tous les services qu'un crapaud est capable de rendre.
Désinsectiser les mares, par exemple.

— Soit, fit le roi. De toute façon, je ne
veux pas d'un ministre des Affaires extérieures

qui rechignerait à son travail. Le travail serait mal fait, et je préfère vous remplacer.

Seul le cheval, heureusement, accepta que les fées se penchassent sur lui. Il avait fini, au cours de son stage, par apprendre à monter à cheval et ne tombait presque plus. La perspective de redevenir cavalier l'excitait.

— Je crois que je suis vraiment fait pour l'équitation, conclut-il, quand les fées lui eurent rendu son identité de cavalier de la garde.

— Bon, dit le roi en s'adressant aux fées, tout cela n'est pas bien brillant ! Je ne sais pas ce que l'avenir nous réserve, mais, au train où vont les choses, je crains fort que, après vous être mises en grève, vous ne vous retrouviez au chômage technique. Je suis heureux, toutefois, que nous collaborions de nouveau.

— Nous aussi, répondit Aurore la blonde. Mais nous craignons à présent, comme vous le pressentez aussi, de rester par trop souvent inoccupées. Les gens, apparemment, s'habituent si bien à leur état qu'ils risquent de recourir de moins en moins à nos services. En fait, nous souhaiterions, Sire, fût-ce à temps partiel, nous exercer à quelque activité annexe, afin de nous sentir tout à fait utiles.

— Eh bien, je vais y réfléchir, dit le roi.

— C'est-à-dire, Majesté, poursuivit Aurore, que nous y avons déjà réfléchi.

— Ah bon? fit le roi. Mais vous ne saviez pas que mes sujets refuseraient de se faire retransformer!

— En vérité, nous nous en doutions un peu, expliqua Aurore. Je vous rappelle que nous sommes fées, Majesté. Et que nous avons le pouvoir de prévoir un peu l'avenir, tout de même.

— En effet, convint le roi. Eh bien, je vous écoute.

— Voilà, intervint Ariane, nous aimerions danser.

— Et chanter, aussi, ajouta Josette.

— Mais personne ne vous en empêche,

répliqua le roi. Dansez donc, maintenant, mesdames, puisque vous en avez le loisir! Chantez donc!

— C'est-à-dire, Majesté, reprit Aurore, que nous souhaiterions avoir un public.

— Un public? Comment ça?

— Nous nous sommes beaucoup entraînées, pendant cette grève, expliqua Aurore. Nous avons fini par abandonner ce jeu de l'oie stupide, et, avec nos baguettes, en attendant qu'on nous les remplace, nous nous sommes exercées à diverses transformations, mais pour de faux, en faisant juste les gestes. Et, ma foi, nous nous sommes mutuellement regardées, toutes les trois, et nous sommes trouvées bien gracieuses. Ensuite, nous avons même fait le geste de transformer n'importe quoi sans utiliser nos baguettes, et c'était tout aussi réussi. Nous pouvons vous montrer?

— Pourquoi pas? fit le roi. Mes affaires ne pressent guère, en ce moment.

Et les trois fées, posant leurs baguettes,

décrivirent d'amples gestes dans l'air, assortis de petits pas de danse.

— C'est en effet charmant, convint le roi.

Josette entama alors un chant, d'abord très doux, puis très rythmé, et ses deux collègues reprirent le refrain en chœur.

— Ce n'est pas mal du tout, apprécia le roi. Quoique assez nouveau, me semble-t-il. Mais je reconnais que ça peut plaire.

— Nous nous sommes énormément exercées, vous comprenez, expliqua Aurore. C'est d'ailleurs la raison pour laquelle, quand vous êtes venu nous voir avec les nouvelles baguettes, nous dormions. Nous étions mortes de fatigue.

— Le palais pourrait peut-être se charger d'envoyer des invitations au peuple, pour notre prochain spectacle, suggéra Ariane.

— Il faut qu'il y ait du monde, insista Josette. Si les invitations viennent de vous, ça fera plus officiel.

— C'est que nous en sommes presque arrivées à un niveau professionnel, expliqua Aurore.

Le roi se gratta le menton.

— Je suis vraiment un bon roi, dit-il enfin. Je veux bien essayer de vous aider. À une condition, toutefois.

— Nous ne saurions rien vous refuser, désormais, Sire, acquiesça Aurore.

— Débrouillez-vous pour transformer discrètement mon brin de fils en un fils digne de ce nom, annonça le roi. Et transformez la fleur en princesse. Je me charge de les marier.

— Mais est-ce bien honnête de votre part? lui fit remarquer Ariane. Surtout pour un bon roi...

— Il y a des limites à tout, répondit le roi. Je n'ai rien dit à mon fils, mais c'est plus que je n'en puis supporter.

Les fées acceptèrent et, plus tard, le roi prit l'habitude de recourir à elles pour diverses actions clandestines. Il finit par les intégrer dans ses services secrets. Cependant, le spectacle qu'elles projetaient eut lieu, dans la clairière, en présence d'une foule compacte, que le roi avait rassemblée en lançant force invitations et tracts publicitaires. Ce fut un triomphe et, dès le spectacle suivant, les fées s'adjoignirent un orchestre. Quand elles ne se produisaient pas sur scène — sur une estrade, en fait, dressée au milieu de la clairière —, elles agissaient secrètement pour le compte du roi.

La clairière, au demeurant, devint bientôt trop petite pour accueillir la foule des spectateurs. Ceux qui ne pouvaient obtenir de places, frustrés, réclamèrent que les spectacles eussent lieu dans des endroits plus vastes. Mais il n'y en avait pas de plus grands dans tout le royaume et où l'on pût, de nuit, créer une telle ambiance, avec les rayons de la lune en guise de projecteurs. Alors, avec quelques siècles d'avance, on finit par inventer la télévision. Et même les sorcières, que les fées avaient pris l'habitude de combattre à mi-temps, dans le plus grand secret, finirent par se scotcher devant leur poste et en oublièrent de faire le mal. Et le règne du roi Boroman XII n'avait jamais été aussi grand. Évidemment, la télévision n'était qu'en noir et blanc et elle ne comportait qu'un seul programme, mais enfin c'était un temps où, lorsqu'on ouvrait son poste, on ne voyait que des fées, qui dansaient et chantaient. Et où, quand il y avait une panne d'électricité, la télévision ne s'éteignait même pas. Une indicible lumière, au contraire, envahissait l'écran; comme si, sur ordre d'un roi encore tout-puissant qui n'eût pas supporté que rien lui résistât, y compris la réalité et les petits inconvénients du progrès, toutes les étoiles du ciel s'y fussent rassemblées pour continuer de chanter sa gloire, dans le pur silence de la nuit.

L'ÂNE QUI NE VOULAIT PLUS
ÊTRE ROI

Depuis longtemps, dans ce pays-là, un âne régnait sur les hommes.

C'était un âne véritable, de la tête aux sabots.

Il parlait, mais cela va sans dire.

Cet âne régnait, donc.

Il régnait même depuis si longtemps qu'on avait oublié de quelle façon il avait accédé au trône.

Ajoutons qu'il connaissait parfaitement le métier de roi.

Pour couronner le tout, c'était un bon roi.

Et la vérité est que personne n'avait jamais eu à s'en plaindre.

Il est évidemment inutile de préciser que personne, jamais, non plus, ne s'était moqué de lui. Mais je préfère le dire quand même. Cet âne régnait donc en toute quiétude, avec sa tête d'âne, ses oreilles d'âne, ses sabots d'âne, sa queue d'âne.

Et sa peau d'âne, oui.

Bon.

Quand il se présentait au balcon de son palais, et que sa tête dépassait, dûment couronnée, avec un peu de son poitrail, son peuple l'acclamait :

— Longue vie à l'âne roi ! criait-il. Longue vie à notre âne roi !

Cependant, par certain côté, le bât blessait. La plupart des ministres, soucieux des apparences, et pour tout dire un peu snobs, ne pouvaient s'empêcher, secrètement, d'avoir honte d'être dirigés par un âne. Et, un jour, ils firent courir le bruit que leur roi n'était pas un âne, mais un prince, tout simplement, auquel une sorcière avait jeté un sort.

Ils le croyaient d'ailleurs un peu eux-mêmes.

Comme quoi les médisants sont quelquefois sincères, bien que ça ne les excuse pas.

Les ministres se rendirent auprès de l'âne roi et, le persuadant que le peuple commençait à ne plus croire qu'il n'était qu'un âne, le prièrent de se plier aux tentatives d'une fée pour le désenvoûter et lui rendre sa supposée peau d'homme.

— Mes amis, répondit l'âne roi, qui était aussi un roi très amical, je n'ai jamais été qu'un âne, qui un jour est devenu roi, c'est vrai, mais un âne tout de même. Enfin, si mon peuple n'y croit plus, je veux bien me prêter à la magie de la fée. Mais c'est vraiment pour lui faire plaisir. Au peuple, je veux dire.

La fée, qui avait pris ce jour-là la forme d'une mouche, se posa aussitôt sur le museau de l'âne roi, prononça une formule magique et lui donna un coup de minuscule baguette.

— Hé, fit l'âne roi, doucement! Je n'aime point trop qu'on me cravache! D'ailleurs, tu vois bien que ta magie n'opère pas. Âne je suis, âne je reste.

— Notre roi a raison, bourdonna la fée à l'adresse des ministres. Si notre roi n'a jamais été un homme, je ne peux pas le faire redevenir ce qu'il n'a pas été. Ou alors… ajouta-t-elle.

— Ou alors quoi? ou alors quoi? s'excitèrent les ministres.

— C'est-à-dire, zonzonna la fée, que je peux le transformer en homme. Je dis bien le transformer, et non lui rendre son identité, puisque son identité a toujours été celle d'un âne. Évidemment, ce ne sera pas pareil.

— C'est quand même une idée, rétorqua le ministre de la Justice et de la Confiserie.

— Qu'en pensez-vous, Sire? demanda le ministre de la Culture et des Chapeaux à ruban.

— C'est que je ne me vois guère en

homme, répondit l'âne roi. Je n'ai pas du tout l'habitude. J'ai bien voulu essayer parce que vous croyiez que j'en étais un, et que je me doutais que la fée raterait son coup. Mais maintenant…

— Oh, Sire, intervint le ministre du Tourisme et des Légumes verts, qu'est-ce que ça change ?

— Très drôle, observa lugubrement l'âne roi.

— Vous devez absolument faire un effort, Sire, renchérit le ministre des Relations extérieures et de l'Élevage des lapins nains.

— Ça va, ça va, céda l'âne roi, qui, rappelons-le, était très bon, et même un peu faible, dans certaines circonstances, tant il est vrai que la faiblesse est parfois le revers de la bonté. Allons-y, allons-y, transformez-moi, Poussinette.

— C'est que ça n'est pas si simple, expliqua la fée. On ne transforme pas les gens juste parce qu'ils le demandent. Ils doivent le mériter. C'est la règle.

— Allons bon, fit l'âne roi. Et je ne l'ai pas mérité? D'ailleurs c'est exact, ajouta-t-il. Je ne l'ai pas mérité. Non, vraiment. Moi qui n'ai jamais fait aucun mal à mon peuple, je n'ai pas mérité qu'on me transforme en homme!

— L'essentiel, c'est que vous soyez d'accord, Sire, reprit la fée.

— Admettons, fit l'âne roi. En vérité, il n'y a rien que je ne saurais faire pour ne point décevoir mes sujets.

— Et pour mériter que je vous transforme, Sire, poursuivit la fée sans s'émouvoir outre mesure, il vous faudra passer quelque épreuve. Vous me suivez?

— Difficilement, répondit l'âne roi. Et puis vous n'arrêtez pas de voleter en tous sens, on n'arrive pas à vous localiser dans l'espace.

— Ah, excusez-moi, dit la fée, je suis restée en mouche, je n'avais pas fait attention. Mais ça ne sert plus à grand-chose dans l'immédiat. Plop! ajouta-t-elle.

Fit-elle, plutôt.

Et elle redevint une femme, de taille normale, avec juste une robe impossible à tisser, à volants de badminton, et couleur de miroir.

— Et de quel genre d'épreuve s'agirait-il? s'enquit l'âne roi.

— Eh bien, expliqua la fée, un peu gênée, et qui tournicotait nerveusement une longue mèche de ses cheveux d'or, il vous faudrait envisager de vous exiler, Sire. Et de vous faire reconnaître comme roi dans un lieu reculé, où l'on n'a pas entendu parler de vous jusqu'ici. Je pense à la forêt des Douze-Chemins-qui-tournent-sans-se-croiser, d'où personne n'est jamais sorti. Si vous pouviez vous y faire reconnaître comme roi, sous votre apparence d'âne, et en sortir vivant, ça me permettrait de vous transformer en homme, au retour. Vous l'auriez bien mérité.

— En tout cas, cessez de parler de mon apparence d'âne! se fâcha l'âne roi. N'oubliez pas que j'en suis un.

— Pardon, Sire, s'excusa la fée. C'est ma culture, vous comprenez. Les gens qui s'adressent à moi sont toujours quelque chose d'autre que ce qu'ils ont l'air d'être.

— Moi, je suis ce dont j'ai l'air, affirma l'âne roi. Bon, on y va comment, dans cette forêt ? Qu'on en finisse !

Et, exceptionnellement, il ne braya pas, non, car le verbe braire n'existe pas au passé simple. Il émit un braiment. Ce qui n'était pas si mal. Et exceptionnel, donc.

— La forêt des Douze-Chemins-qui-tournent-sans-se-croiser se trouve à trois cent cinquante jets de pierre à gauche, en suivant la route qui part en spirale du château, expliqua la fée. Au-delà des treize collines de sucre.

— Vous n'avez pas de plan, Orlando ? demanda l'âne roi au ministre de l'Éducation et des Chaussures montantes. Je ne vois pas très bien où c'est.

— Nous n'avons plus de plans, Sire, répondit le ministre, depuis que les rats les ont mangés. Vous savez bien que nous ne parvenons pas à venir à bout de ces rats. Ils sont beaucoup trop nombreux. Et trop gros. Le dernier que nous ayons capturé avait la taille d'un chien. C'est notre ennemi, le roi du Pays-d'à côté, qui les engraisse secrètement.

— C'est vrai, répondit l'âne roi. Ah, en vous quittant, mes amis, je laisse bien des soucis à mon royaume. Mais je reviendrai. Je saurai me diriger seul. Eh bien ?

— Eh bien quoi, Sire ? firent tous les ministres en chœur.

— Ne restez pas plantés là à ne rien dire, voyons ! Souhaitez-moi bonne chance !

— Bonne chance, Sire !

Et l'âne roi s'en fut. Nanti d'une bonne réserve de foin, dont il fit charger la charrette royale, il s'attela et prit le chemin en spirale à la sortie du château.

Le peuple, qui avait l'habitude de le voir passer avec sa charrette de foin, quand il se déplaçait pour visiter ses provinces, le salua cérémonieusement. Mais l'âne roi se dit que, sur le bord du chemin, les gens avaient une drôle de façon d'ôter leur chapeau. Il eût juré qu'on lui disait adieu.

«Mes ministres me disent que mon peuple ne croit plus que je ne suis qu'un âne, songea l'âne roi. Mais j'ai surtout l'impression qu'il ne m'aime plus beaucoup. Il semble qu'il se réjouisse de me voir partir au loin. Et je crains bien qu'il n'ait honte de moi. Mes ministres ont au moins raison sur un point: il vaut mieux que je m'en aille.»

Car l'âne était un roi très sensible, ou encore ce roi était un âne très sensible, ce qui revient un peu au même. Et, au point où il en était de ses réflexions, il n'avait plus tellement envie de se faire reconnaître comme roi dans les forêt des Douze-Chemins-qui-tournent-sans-se-croiser. Ni même ailleurs, du reste. Il avait tellement donné de lui-même pour gouverner son pays que, soudain, il en avait assez d'être roi. Et, découragé, il versa une larme.

Cependant, il poursuivit sa route en direction de la forêt.

« Au moins, se dit-il, je n'en sortirai pas vivant. Et je ne ferai plus honte à aucun peuple de la terre. »

Et le pauvre âne roi, d'un pas lent, s'engagea dans la spirale du chemin.

Le chemin monta, toujours plus haut, jusqu'à ce que l'âne roi atteignît la première colline de sucre. Il se demanda s'il devait regretter que le sucre qui la constituait ne fût pas en morceaux. Elle aurait peut-être été plus facile à escalader. Quoique la charrette, sans doute, eût été impossible à traîner, qui se fût coincée entre les arêtes du sucre. Toujours est-il que le sucre était en poudre. Ce qui, du reste, ne consolait pas l'âne roi. En effet, il pleurait maintenant à chaudes larmes, car il avait la nostalgie de son peuple, et l'idée de le quitter à jamais le déchirait plus certainement encore que la certitude de mourir au fond de la forêt des Douze-Chemins-qui-tournent-sans-se-croiser. Mais enfin il avait pris la décision de ne plus se faire reconnaître roi par quiconque, et il ne craignait point de mourir. Il n'avait plus envie de rien, et il était juste habité par la nécessité d'aller de l'avant, en direction de son destin.

Cependant, épuisé d'avoir gravi le chemin en spirale, il entreprit de gravir cette fois la première colline de sucre. Or ses sabots s'enfoncèrent, et les roues de sa charrette tournèrent à vide. Mais l'âne roi ne se découragea pas. «Je peux aussi bien mourir ici, se dit-il en s'enfonçant toujours plus profondément dans le sucre. Là ou ailleurs, ça n'a plus d'importance.»

Toutefois, tandis qu'il sombrait, il tentait toujours de donner du sabot vers l'avant, acharné à poursuivre, tiré vers le fond par le sucre, entraîné vers l'arrière par sa charrette de foin. Et, cherchant toujours à avancer, bien qu'il ne bougeât pas d'un pouce, il ne songeait même pas à l'étouffement qui le guettait.

Il se sentit alors élevé dans les airs, par une main puissante, lui sembla-t-il, qui le dirigeait vers une bouche aux dimensions inconnues, où fussent entrés sans peine une douzaine d'ânes avec leur charrette. Et, au creux de la paume géante, il pataugeait toujours dans le sucre, mais ne s'y enfonçait plus.

La bouche l'absorba, avec le sucre, puis le recracha avec violence. Projeté dans les airs, l'âne roi atterrit en douceur sur les contreforts d'une autre colline de sucre, dont il ignorait s'il s'agissait de la deuxième, de la troisième, ou encore d'une autre, car, au cours de son éjection, il avait fermé les yeux et n'avait point vu s'il avait survolé telle ou telle colline.

— Eh bien, lui dit un tout petit homme qui se tenait à califourchon sur une luge grande comme une boîte à chaussures, dans le sens de la descente, on peut dire que vous revenez de loin, vous!

— Qui êtes-vous? lui demanda l'âne roi. Et que m'est-il arrivé?

— Je suis le lutin de la treizième colline, lui répondit le petit homme. Et, quant à vous, vous avez été recraché par le géant qui se nourrit des treize collines. C'est un goinfre, dont l'alimentation est totalement déséquilibrée. Sa bouche est pleine de caries. Mais vous n'avez peut-être pas eu le temps de le remarquer.

— Et pourquoi m'a-t-il recraché ? demanda l'âne roi.

— Parce que la tristesse habite votre cœur, malheureux âne, répondit le petit homme. Vos yeux sont loin d'être secs, je le vois bien, et les larmes que vous avez versées se sont mêlées au sucre. Elles ont dégoûté le géant, qui déteste le sel.

— Il me fallait donc être malheureux pour être sauvé ? se renseigna l'âne roi.

— Oui, répondit le petit homme, mais c'est bien naturel. Malheureux sont toujours ceux qui ont besoin d'être sauvés.

— Sans doute, convint l'âne roi. Me voici donc arrivé à la treizième colline.

— Évidemment, fit le petit homme, je viens de vous le dire.

— Et comment survivez-vous, sur votre luge, avec ce géant?

— Comme ci, comme ça, répondit le petit homme.

— Et comment remontez-vous la pente?

— Comme ci, comme ça.

— Et pourquoi la remontez-vous?

— Parce que j'adore glisser sur le sucre. C'est ma faiblesse. Au demeurant, je n'en consomme pas moi-même. Je me nourris de bretzels.

— Et y a-t-il d'autres lutins, à part vous, sur cette colline?

— Non.

— Et sur les autres collines?

— Je l'ignore. Je n'y suis jamais allé. La treizième colline me suffit.

— Et comment savez-vous que c'est la treizième, si vous n'avez jamais vu les autres?

— Je les ai vues. Quand vient le soir, elles brillent dans la pénombre. Et je sais compter.

— Bien, bien, fit l'âne roi. Et vous ne vous demandez pas ce que je fais ici ni qui je suis?

Il venait de s'apercevoir, en effet, que, lorsqu'il avait été recraché par le géant, il avait perdu sa couronne. Ça n'avait pas d'importance, d'ailleurs. Mais l'âne roi était curieux de savoir si on pouvait le reconnaître pour roi, sans couronne. Même s'il n'avait pas atteint encore la forêt des Douze-Chemins-qui-tournent-sans-se-croiser.

«Tiens, se dit-il, à propos. Je suis bien curieux. C'est bizarre. Et toutes ces questions que je pose. Moi qui me croyais détaché de tout!»

— Je pense, lui répondit le petit homme, que vous vous dirigez vers la forêt des Douze-Chemins. Et que vous êtes un âne.

— En effet, dit l'âne roi.

— La forêt des Douze-Chemins est une épreuve classique, expliqua le petit homme. Il en passe, des gens, par ici! Mais personne ne revient jamais de la forêt. Je crois qu'il s'agit d'une sorte de cimetière. Ou d'un cimetière dans une forêt, si vous préférez. Les gens s'y rendent pour mourir, qu'ils le veuillent ou non.

— Qu'est-ce que vous insinuez? se fâcha l'âne roi. Vous croyez que je veux mourir?

— Je n'ai pas dit ça.

— Alors, vous croyez que je vais mourir?

— Je ne crois rien, dit le petit homme. Ce que je vous donne, moi, c'est une impression. En tout cas, vous devriez vous dépêcher de la rejoindre, cette forêt, cimetière ou pas, car le géant s'approche. Il vient d'engouffrer les douze premières collines.

Le sol tremblait.

— Je préfère encore la forêt, fit l'âne roi. Mais dites-moi, lutin, quand le géant les a mangées, il n'y a plus de collines.

— Elles sont réédifiées chaque nuit par les lutins, expliqua le petit homme. C'est leur seule chance de survie. Le problème, c'est plutôt l'approvisionnement. Les raffineries sont loin. Ah, c'est un travail.

— Je croyais qu'il n'y avait que vous, par ici, comme lutin.

Le sol tremblait plus fort.

— Les autres ne vivent pas sur les collines, expliqua le petit homme. Ils ont trop peur.

— Et pas vous?

— Si. Mais je déteste travailler.

Le géant se rapprochait.

— Excusez-moi, dit le petit homme, il faut que je me sauve.

Et il disparut. L'âne roi ne vit pas où ni comment. Il se mit à gravir la treizième colline et s'enlisa.

« C'est quand même stupide, se dit-il. Mourir à la treizième colline. Et je n'ai même plus envie de pleurer. Cette fois, le géant ne me recrachera pas. »

— Qu'est-ce que c'est que ça? entendit-il alors tonner au-dessus de sa tête. Un âne dans mon sucre? Ah mais!

Et l'âne roi, de nouveau, se sentit élevé dans les airs. Mais le géant ne le porta pas à sa bouche. Il l'élança au loin, avec sa charrette.

Cependant, cette fois, l'âne roi ne ferma pas les yeux. Quand il arriva en vue de la forêt, il en observa les arbres, cherchant une trouée au sein des frondaisons. Mais, sur toute la surface de la forêt, les feuillages, intimement tressés, interdisaient qu'on aperçût rien du sol. Et l'âne, lancé par le géant, allait atteindre la lisière qui marquait la fin de la forêt.

«Ce serait vraiment trop bête, se dit-il, après tous les efforts que j'ai fournis pour venir mourir ici, au sein de cette forêt, que je la dépassasse.»

Car, s'il n'aimait plus trop la vie, il goûtait encore l'usage de l'imparfait du subjonctif. Ce n'était pas seulement un âne qui, régnant, savait évidemment parler. En plus, il parlait bien.

Au moment où il arrivait en vue de la lisière, par chance, ou par malchance, c'était un peu difficile à dire, sa folle course dans le ciel s'interrompit. Et l'âne roi, chutant, atterrit exactement sur la lisière, avec sa charrette, dans une botte de paille. Un agriculteur, juché sur son tracteur, et qui travaillait dans le champ à la lisière de la forêt, n'en crut pas ses yeux. L'âne roi, les quatre fers en l'air, finit par se dégager de la botte.

Il eut plus de mal encore à dégager sa charrette, et, quand il y fut parvenu, l'agriculteur, du haut de son tracteur, l'accusa de lui avoir pris la paille de sa botte.

— Mais non, vous voyez bien, lui répondit l'âne roi. Ma charrette était pleine, quand je suis tombé. Et elle ne déborde pas. Chacun son foin, chacun sa paille, c'est ma devise. Et les vaches seront bien gardées.

— Je ne comprends pas bien ce que vous me dites, rétorqua l'agriculteur.

— C'est une expression, expliqua l'âne roi.

— De toute façon, je n'aime pas trop les ânes qui parlent, avoua l'agriculteur. Surtout quand ils tombent du ciel. Ça fait beaucoup.

— Et ce n'est pas fini, annonça l'âne roi. Je dois maintenant pénétrer dans cette forêt.

— Vous êtes vraiment bizarre, observa l'agriculteur. On ne peut pas y entrer par ce côté, dans cette forêt. C'est la sortie, ici.

— Sauf qu'il paraît que personne n'en sort, fit remarquer l'âne roi.

— C'est exact, convint l'agriculteur. Il n'empêche que vous vous trouvez ici du côté de la sortie. Je n'y peux rien, moi!

— En tout cas, il n'est pas question que j'en fasse le tour, maugréa l'âne roi. J'ai eu bien assez de mal pour parvenir jusqu'ici. Sortie ou pas, c'est par ce côté que j'y entrerai.

Et l'âne roi, avec sa charrette, se dirigea vers les premiers arbres.

L'agriculteur, lui, se grattait le haut du crâne, mais ça ne nous intéresse pas plus que ça.

Au bord de la forêt, entre les arbres, poussaient des ronciers si denses qu'un chat ne fût point parvenu à s'y faufiler. Cependant, en un endroit, il y avait un espace. Mais cet espace était occupé par un géant de taille moyenne, ou par un très grand homme, si l'on préfère, bien campé sur ses jambes, qu'il tenait un peu écartées. Un chat y fût aisément passé, entre ses jambes, mais non point un âne, surtout avec sa charrette. Le chat, lui, y serait passé d'autant plus aisément que le géant, debout face aux profondeurs de la forêt, tournait le dos au champ de l'agriculteur. L'âne roi s'approcha.

— Excusez-moi, dit-il. Je voudrais entrer dans cette forêt. Il me faut absolument y pénétrer pour y mourir, vous comprenez? Si vous pouviez me laisser passer…

— Qu'est-ce que c'est? fit sans se retourner le géant d'une voix bien timbrée, qui sonnait fort sous les feuillages. Personne n'entre par ici. C'est la sortie.

— Je sais bien, répondit l'âne roi, mais vous pourriez faire une exception, pour une fois.

— Aucun homme n'est jamais entré par ici, insista le géant. C'est la règle.

— Justement, je ne suis pas un homme, rétorqua l'âne. Je ne suis qu'un âne.

— Ah ça, fit le géant, un âne qui parle ! J'aimerais bien le voir pour le croire. Malheureusement, je ne peux pas me retourner. Je dois surveiller l'intérieur de la forêt pour empêcher quiconque d'en sortir. Au moindre moment d'inattention, ils en profiteraient pour s'éclipser. Ils sont malins, vous savez. Mais nous sommes plus forts qu'eux, et personne n'est jamais sorti vivant d'ici.

— Si vous me laissiez entrer, vous pourriez me voir, proposa l'âne roi. Puis vous me tueriez tranquillement.

— Hum, fit le géant, ça ne me semble pas très régulier. Enfin, je n'ai jamais vu mourir ici un âne qui parle. Ce que je vous propose, c'est que j'écarte bien mes jambes et que vous passiez dessous.

— Ça me va, fit l'âne roi.

Et le géant écarta les jambes.

— Si vous pouviez les écarter un peu plus, le pria l'âne roi, ça m'arrangerait. Je n'arriverais jamais à passer, avec ma charrette.

— Parce que vous avez une charrette?

— Oui. Et j'y tiens, à ma charrette.

— Décidément, fit le géant, ce n'est pas une journée comme les autres. Laisser entrer par la sortie de la forêt un âne qui parle avec une charrette! Vous ne seriez pas roi, en plus? Pendant qu'on y est?

L'âne roi hésita.

— Non, finit-il par dire. Je ne suis qu'un pauvre âne, et qui vient mourir dans la forêt des Douze-Chemins-qui-tournent-sans-se-croiser. Je crois que ça ira comme ça, pour les jambes.

Et l'âne roi passa entre les jambes du géant de taille moyenne, en se baissant un peu, et tirant derrière lui sa charrette. Parvenu de l'autre côté du géant, passé donc la limite de la forêt, il se retourna et, découvrant qui l'avait laissé entrer, manqua s'évanouir de peur. Le géant n'avait pas de visage. Au bout d'un cou tranché net, un trou béant, cerclé de métal, dans le fond duquel on distinguait les os postérieurs du crâne nettoyés au vinaigre, avec, au centre, un minuscule cerveau maintenu en l'air par une pique de saucisse à cocktail, trônait sur ses épaules. Un peu de sang coulait du trou, goutte à goutte.

— Ah, vous voilà, fit le géant.

Et l'âne roi ne comprit pas tout de suite comment il parlait, ni comment il voyait. Le géant cependant tenait dans une main une petite boîte, d'où le son de sa voix semblait sortir, et dans l'autre une sorte d'appareil photo sur pied, où il s'appuyait comme sur une canne. «Ses yeux, sans doute», se dit l'âne roi.

— Vous me voyez, là? lui dit-il.

— Oui, je te vois, fit la boîte, et j'en profite un peu avant de te tuer. Ah, un âne qui parle! s'exclama la boîte. Et qui est entré par la sortie! Meurs donc, maintenant!

Et le géant, saisissant le pied de l'appareil photo, le brandit en direction de l'âne roi. Le pied de l'appareil se transforma aussitôt en une lame tranchante, et l'appareil lui-même, constituant le pommeau de l'épée, enregistrait les coordonnées de la cible avec une telle précision que l'âne roi se trouvait dans l'incapacité d'éviter le coup. Et l'épée s'abattit, ou plutôt elle allait s'abattre quand elle s'immobilisa net, au bout du bras du géant dressé en l'air.

— Ah, maugréa la petite boîte que le géant tenait toujours dans sa main gauche, encore ce fichu dos qui se bloque! Il faut absolument que je me décide à consulter un spécialiste.

Et le géant ne bougea plus, ce qui d'ailleurs ne le changeait pas beaucoup de l'ordinaire. Cependant, par sa petite boîte, il invectivait l'âne roi, le traitant de tous les noms d'infamie qui lui passaient par le trou de la tête, et l'âne, horrifié, bien qu'il ne reculât point devant la mort, ne demanda pas son reste. Laissant le géant vociférant et figé sur la lisière, il s'engagea dans le premier des douze chemins qui tournent sans se croiser.

Or ce chemin tournait, en effet, et comme l'âne roi pénétrait dans la forêt à l'envers, il savait que c'était le douzième. Il savait aussi qu'il ne croiserait jamais le onzième et que, probablement, il mourrait ici, sur le douzième chemin, comme il avait failli mourir sur la treizième colline sans avoir connu les douze précédentes. Un dragon, d'ailleurs, se présenta sur ce chemin, qui se jeta immédiatement sur lui et tenta de l'enflammer. Comme le géant de la lisière, il brandissait une épée, une épée classique, toutefois, mais apparemment elle ne lui servait à rien, et d'ailleurs il l'agitait en tous sens, avec une évidente méconnaissance de l'arme, comme s'il avait voulu jouer. Sans doute l'avait-il prise sur le cadavre de quelque chevalier. Toujours est-il que, pour une raison qu'on ne s'expliquait pas, comme il émettait

son souffle brûlant, il ne parvint qu'à toucher la charrette. Le foin prit feu, et l'âne roi se retrouva sans provisions, à fuir le dragon en tirant sa charrette en flammes.

«Ce n'est pas encore pour ce coup-ci, ne pouvait-il s'empêcher de songer. Sans doute ce dragon va-t-il trébucher contre une pierre et s'assommer en tombant. J'en serai quitte pour mourir plus tard.»

Le dragon, cependant, ne trébuchait pas. Mais, comme il allait rejoindre l'âne roi et n'en faire qu'une flambée, cette fois, il se contenta, parvenu à sa hauteur, de poursuivre son chemin. À la sortie du virage que la route formait à cet endroit, l'âne roi s'aperçut alors que, devant lui, courait à toutes jambes un homme dont la veste, à demi calcinée, flottait misérablement au vent. Toutefois, aucune flamme ne s'en élevait. «Le dragon, pensa l'âne roi, devait déjà poursuivre cet homme quand il m'a rencontré. Et c'est après lui qu'il en a. Il me faut absolument aider ce malheureux avant qu'il ne soit réduit en cendres!»

À cet instant, ce fut l'âne roi qui trébucha. Et, comme le souffle du dragon avait attaqué les brides de sa charrette, celles-ci se détachèrent. L'âne roi culbuta vers l'avant, sans la charrette, et, comme si la pierre qu'il avait heurtée du sabot se fût comportée à la façon d'un ressort, il atterrit une vingtaine de mètres plus loin, sur la tête du dragon, l'assommant net. L'homme à la veste calcinée, qui avait perçu derrière lui la chute du monstre, se retourna et avisa l'âne roi, qui reprenait ses esprits, assis sur le dragon. Essoufflé, boitant, il se dirigea vers lui.

— Merci, lui dit-il. Sans vous...

— Ce n'est rien, fit l'âne roi. Nous finirons par y passer, de toute façon.

— Non, lui répondit l'homme, qui, à part sa veste calcinée, avait l'air normal, ce qui, soit dit en passant, dans cette forêt, n'était vraiment pas du luxe. Nous devons lutter pour nous en sortir. Et vous venez de nous en donner l'exemple. Hé! Ho! appela-t-il.

À son appel, les ronces au bord du chemin s'entrouvrirent sous la poussée d'une dizaine d'hommes, tous d'apparence normale, et qui tenaient à la main des faux, des fourches ou encore des bêches dont ils s'étaient visiblement servis pour se frayer leur chemin. Déguenillés, cependant, ils avaient dû affronter les pires épreuves.

— Je vous présente mes amis, expliqua l'homme à l'âne roi. Le roi du Pays d'ailleurs nous a tous expédiés dans cette forêt de malheur parce que son agriculture va mal. Trop de personnel, pas assez de bétail. Nous sommes paysans, et le roi nous a envoyés ici pour nous faire reconnaître comme bêtes. Ou pour mourir, nous a-t-il prévenus. Or nous ne voulons ni l'un ni l'autre. De toute façon, nous ne serons jamais des bêtes.

— Je vous comprends, dit l'âne roi. Je crois d'ailleurs connaître le Pays d'ailleurs. Il me semble que j'y ai atterri avec ma charrette, qu'il faut que je récupère, d'ailleurs, ajouta-t-il en jetant un coup d'œil vers sa charrette brûlée. J'y ai rencontré, tout près de la sortie de la forêt, un agriculteur sur son tracteur.

— Ah, fit l'homme à la veste calcinée, ça, ce n'est pas le Pays d'ailleurs. C'est le Pays de demain. Vous avez dû rencontrer le robot, sur la lisière.

— Le robot?

— Oui, enfin ce n'est pas vraiment un robot, c'est un géant de taille moyenne, mais, comme il est le gardien de la lisière avec le Pays de demain, il fait venir un peu de maté-riel en contrebande: appareils photo, micros sans fil, etc.

— C'est bien lui que j'ai vu, confirma l'âne roi. Et, à part le dragon que je viens d'assommer, à qui vous êtes-vous heurtés, dans cette forêt?

— Au guépard volant, fit un des hommes. Il saisit ses victimes en rase-mottes et les dévore en plein ciel, sans même avoir besoin de se poser.

— À la voiture de pompiers sans eau, fit un autre. Elle travaille en équipe avec le dragon, et n'éteint jamais les feux. Seule, remarquez, elle n'est pas très dangereuse, mais il faut se garer quand elle arrive parce qu'elle n'a pas de freins et pas non plus de conducteur.

— Sans parler du gentil petit garçon qui pose des questions, intervint un troisième.

— C'est le plus terrible, fit le quatrième.

— Quand il pose une question, expliqua un cinquième, on ne comprend pas ce qu'il dit, parce qu'il a un cheveu sur la langue, et, comme on ne répond pas, un ours sort de sa poche. L'ours saute donc à terre. Il est d'abord tout petit, puis il grossit, grossit monstrueusement jusqu'à vous exploser en pleine figure, et vous mourez étouffé sous ses entrailles, dans un déluge de sang.

— C'est gai, remarqua l'âne roi. Mais vous leur avez échappé, jusqu'ici.

— On se cache dans les buissons, expliqua le premier homme. Ce n'est pas trop difficile, il faut juste attraper le coup pour tuer les mygales. Comme ça, expliqua-t-il, en leur étranglant la taille entre deux doigts. Bien propres, surtout, les doigts !

Un léger trottinement se fit entendre. Les hommes, aussitôt, entrèrent dans les buissons qui bordaient le chemin. L'âne roi, prudent, les imita, mais, il avait beau baisser la tête, ses oreilles dépassaient.

Un souriceau, qui semblait chercher pitance, s'arrêta à sa hauteur.

— Tiens, dit-il distinctement, sans même chercher à chuchoter, un âne est caché dans ce buisson.

Puis il se mit à fouiller la terre. Bientôt, il disparut dans le sol et on entendit un grondement. La terre bougea. L'âne roi se sentit soulevé, mais, maintenant, il en avait l'habitude, et il n'eut absolument pas peur. Le monstre qui l'élevait au-dessus de lui, par-delà la cime

des arbres, ne ressemblait plus du tout à une souris. Il était aussi haut qu'une tour, aussi large qu'un château, aussi solide que la pierre. Et sa tête, qui ressemblait à celle d'une poupée, n'eût effrayé personne si des dents acérées, longues comme des hallebardes, n'eussent hérissé sa bouche affreusement torse. Il n'avait pas de lèvres, ce qui ne l'empêcha pas de prévenir l'âne roi, de sa voix de poupée mécanique, qu'il allait le précipiter au sol, afin qu'il y mourût écrasé, car il ne croquait point les ânes. Il préférait les hommes.

— C'est bon, fit l'âne roi. Jette-moi donc. Je ne crains pas de mourir.

C'était un demi-mensonge. Car l'âne roi, cette fois, s'il ne craignait point de mourir, en effet, ne le souhaitait pas non plus. Il voulait sauver ces hommes, cachés dans les buissons, et que le monstre engloutirait bientôt s'il n'agissait pas. D'un coup de dents, de ses dents à lui, pourtant moins tranchantes que celles du monstre, il lui sectionna un doigt et le cracha dans sa direction. Comme le doigt allait entrer dans l'œil du monstre, il s'arrêta à deux autres doigts de celui-ci, et, suspendu en l'air, le désignant, se mit à grossir démesurément, tel l'ours du gentil petit garçon, tandis qu'il lui poussait une main. Et cette main n'était plus celle du monstre, c'était une autre main, une main de justice, à laquelle il poussait maintenant un bras. Et au bout de ce bras se forma un corps, et ce corps était celui d'une femme d'une éblouissante blancheur, haute comme le ciel, et dont le doux regard pulvérisait toute chose mauvaise. Et, de son doux regard, la femme haute comme le ciel pulvérisa le monstre, puis elle disparut, non sans avoir, de cette même main de justice qui avait désigné le monstre, déposé délicatement l'âne roi au sol.

Cependant, les hommes sortaient des buissons, tremblants, et tous, ayant fermé les yeux de frayeur, avaient manqué la fin de la scène. Et ils s'agenouillèrent devant l'âne roi.

– Dirige-nous dans cette forêt, âne, lui dirent-ils. Protège-nous. Nous voulons rester des hommes, et toi seul peux nous y aider.

– Je veux bien essayer, leur répondit l'âne roi. Mais, vous savez, je ne suis qu'un âne.

– Bien sûr, rétorquèrent les hommes. Mais tu n'as pas que du courage, il y a de la bonté dans ton courage. Et puis ta force est grande. C'est quand même une preuve.

– Une preuve de quoi? demanda l'âne.

Et, au moment que les hommes allaient répondre, ou ne pas répondre, personne ne le sut jamais, on entendit un froissement. C'étaient les buissons qui poussaient. Puis les ronces s'élevèrent dans les airs et, là-haut, les branches, qui se joignaient déjà pour masquer le ciel, se nouèrent et se mirent à durcir jusqu'à la consistance du marbre, et il se fit un toit de marbre au-dessus des têtes, et l'âne roi se souvint de ce que lui avait dit le lutin de la treizième colline, à savoir que la forêt des Douze-Chemins était un cimetière.

Cependant les ronces, de chaque côté du chemin, s'entremêlèrent jusqu'à ce qu'on ne vît plus rien que du noir, et ce noir était le noir d'un mur sans fenêtres. Ni les hommes ni l'âne ne bougeaient. Puis il se fit une lumière, et cette lumière fut celle de la première fenêtre. Il y en eut d'autres ensuite, beaucoup de fenêtres, par où la lumière entrait à flots dans ce qui devenait maintenant un palais, avec une salle du trône, et un roi assis sur le trône, et ce roi était un âne, et cet âne était le nôtre. Alors l'âne roi quitta le trône, pensif, se dirigea vers une des nombreuses fenêtres, et, en contrebas, aperçut les Douze-Chemins-qui-tournent-sans-se-croiser, qui sillonnaient une forêt profonde. Et, sur chacun des douze chemins, des hommes, des femmes et des enfants s'avançaient, peuplant la forêt de leurs appels, et l'âne roi voulut les entendre, car cette forêt était son pays, délivré de tous les monstres. Il ouvrit la fenêtre, et il entendit que son nom emplissait l'air. Puis il s'éloigna de la fenêtre, revint vers le trône et, s'adressant aux hommes qui se tenaient agenouillés devant lui, les pria de se relever.

— Je vais avoir besoin de vous, leur dit-il, car je ne peux pas régner seul. Toi, ajouta-t-il, qui porte une faux. Approche.

L'homme s'approcha.

— Je te nomme ministre des Chemins de fer et de la Salade grecque, lui dit-il.

Puis il appela les autres hommes et les nomma ministres de diverses choses, et chaque homme accepta sans broncher sa charge. Enfin, l'âne roi convoqua son peuple, mais ce n'était pas la peine, car son peuple montait toujours vers lui par les douze chemins de la forêt, et il organisa une grande fête, mais ce n'était pas la peine, car son peuple était déjà heureux. Alors il interrompit les préparatifs et décida de s'occuper un peu de ses affaires personnelles. Il fit venir à lui l'homme à la veste brûlée, désormais ministre des Finances et des Cravates sans nœud, et lui dit :

— Si vous vous voulez bien vous rendre jusqu'au douzième chemin qui tourne sans se croiser, mon ami. Je m'aperçois que j'y ai laissé ma charrette.

LA PAUVRE PRINCESSE, L'HOMME CRUEL
ET LE TAMANOIR MAGIQUE

Il était une fois un royaume très pauvre.

Dans ce royaume vivait une princesse très pauvre.

C'était aussi une pauvre princesse, car, sans être laide, elle n'était pas belle comme doivent l'être normalement les princesses.

Disons qu'elle avait un physique moyen.

Bref, ni riche ni spécialement belle, elle n'avait pas grand-chose pour elle.

Elle était donc très triste, car aucun prince ne l'avait jamais délivrée des griffes d'un dragon ni même d'un quelconque monstre.

Ni d'ailleurs d'un monstre quelconque.

Un jour, elle décida donc de quitter son château, dans l'espoir que lui arriveraient, à elle aussi, toutes ces choses extraordinaires qui vous font sentir que vous êtes une vraie princesse.

— Fais attention à toi, lui dit son père le roi, quand elle se prépara à partir. Sois prudente. Les routes de notre pauvre royaume sont peu sûres.

Hélas, on voyait bien que le roi n'était pas sincère. Il n'était pas du tout inquiet pour sa fille, et ne craignait malheureusement pas qu'un monstre l'enlevât jamais pour qu'un jour un beau prince la sauvât.

Mais bon, elle fit comme si.

— Ne vous inquiétez pas, père, lui dit-elle.

Et elle s'en fut.

En chemin, elle s'arrêta dans un pré, pour y cueillir une fleur.

«Peut-être, se dit-elle, étant seule au milieu de ce pré, et ne faisant guère attention à ce qui m'entoure, aurai-je la chance que se pose sur mon épaule quelque main ou patte griffue?»

Elle s'apprêtait donc à s'évanouir de frayeur, mais rien ne vint.

Plus loin, en entrant dans une forêt, elle jugea utile de se perdre, et d'abîmer sa robe en frôlant des ronces. Puis la nuit tomba, la princesse frissonna, mais nul monstre ne se saisit d'elle.

Comme elle était fatiguée, elle s'endormit dans une clairière. Quand elle s'éveilla, un tamanoir se tenait près d'elle.

Elle n'eut pas peur, car elle savait bien qu'en Europe, où elle vivait, il n'y a point de tamanoir dans les forêts.

— Tu n'existes pas, lui dit-elle. Tu n'es qu'un rêve qui voudrait être un cauchemar. Mais je n'ai pas peur, et d'ailleurs je vais bientôt m'éveiller.

Mais le tamanoir était toujours là.

— Tu ne dors plus, lui dit-il. Tu ne rêves pas. Je suis un tamanoir magique.

— Je ne vois pas ce qu'un tamanoir peut avoir de magique, lui répondit la princesse.

— Ce que j'ai de magique, justement, rétorqua le tamanoir, c'est que je suis un tamanoir. Pour commencer, ce n'est déjà pas mal, je trouve. Car il est très difficile d'être un tamanoir dans cette région du monde, ou les tamanoirs n'existent pas. C'est dire l'étendue de mon pouvoir. En outre, évidemment, j'exauce les vœux des gens que leur pauvre vie a conduits jusqu'à cette clairière. Quel est le tien ?

— Qu'on m'enlève, répondit la princesse, qui se sentait tout à fait éveillée, maintenant, et qui voulait bien croire à l'existence d'un tamanoir magique.

Elle était prête à tout, en fait.

— Facile, fit le tamanoir.

Et il l'effleura de sa longue langue.

Aussitôt, on entendit un bruit de pas.

Un homme de taille moyenne, ni beau ni laid, ni rassurant ni effrayant, et qui portait une petite mallette, fit son apparition à l'autre bout de la clairière.

— Bonjour, dit-il en arrivant près de la princesse et du tamanoir, je suis le ravisseur de princesses.

— Qu'est-ce que c'est que cette histoire? s'exclama la princesse.

— C'est un conte de fées, expliqua le tamanoir. Tu vas voir.

L'homme, cependant, posait sa mallette sur le sol. Il s'accroupit, l'ouvrit et en sortit un petit coffret. Il ouvrit le coffret, et un cheval tout caparaçonné en sortit, aussi vite qu'un génie de sa bouteille. L'homme, très souple, enfourcha d'un seul bond le cheval. Ayant gardé sa mallette dans une main, il se pencha et, de sa main libre, s'empara de la princesse, qu'il installa devant lui en amazone. Puis il fouetta le cheval et s'en fut au grand galop.

— Hé! criait la princesse. Mais vous ne me faites pas du tout peur! Descendez-moi, je vous prie! Ou alors, prouvez-moi que vous êtes un monstre! Sinon, qui prendra la peine de me délivrer?

— Ça va, ça va! lui intima son ravisseur. Cessez de protester! Vous voyez bien que je vous enlève! Ça devrait vous suffire!

La princesse, terriblement vexée, préféra se taire. Elle se dit qu'après tout on l'enlevait, en effet, et que ça n'était pas si mal. Mais enfin, on ne pouvait pas dire qu'elle sautait de joie.

Son ravisseur la conduisit jusqu'à une cabane, au fin fond de la forêt. Là, l'ayant galamment aidée à descendre de cheval, il lui expliqua qu'elle était séquestrée.

— Séquestrée? s'étonna la princesse, qui, en plus d'être pauvre, avec un physique moyen, n'était pas très instruite. Qu'est-ce que ça veut dire?

— Ça veut dire que vous êtes ma prisonnière, lui expliqua son ravisseur.

— Mais je l'avais compris, ça! protesta-t-elle. Je sais tout de même qu'on enlève les princesses pour les garder prisonnières. Je suis allée à l'école.

— Moi, vous me demandez, je vous ré-
ponds, lui rétorqua son ravisseur.

La princesse le trouvait plutôt fade,
comme ravisseur, mais elle n'avait pas tellement le choix, en somme. Elle lui demanda
toutefois pourquoi il voulait la garder prisonnière, bien qu'elle le sût aussi, évidemment.
C'était plutôt pour causer.

— L'idée, c'est de vous garder le temps que
vous vous décidiez à m'aimer, puis à m'épouser, répondit le ravisseur.

— De ce côté-là, fit la princesse, je dois
avouer que c'est plutôt réussi. Vous ne me
plaisez pas du tout et ça ne va pas être facile.

— Vous voyez, expliqua le ravisseur. Tout
ne se passe pas si mal.

— Mouais, soupira la princesse.

Les jours suivants, ce fut pire. La princesse
s'ennuyait à mourir. Et elle en avait assez, en
attendant son sauveur, de jouer aux Mille
Bornes avec son ravisseur.

— C'est tout ce que vous avez, dans votre

mallette, lui avait-elle demandé. Un cheval et un jeu de Mille Bornes? Vous auriez pu en sortir au moins une corde pour me ficeler!

— Oui, ben non, s'énerva le ravisseur, je n'ai pas ça, moi, vous voyez. Je travaille avec les outils qu'on me donne.

— Charmant! fit la princesse.

Au bout de trois jours, cependant, son sauveur vint. C'était un homme banal, lui aussi, avec une mallette à la main, et qui cogna à la porte de la cabane.

— Ah, bonjour! fit le ravisseur. Vous êtes le sauveur, je suppose.

— Oui, fit le second homme à la mallette.

— Donnez-vous la peine d'entrer.

Le sauveur entra, et le ravisseur le présenta à la princesse.

— Voilà, dit-il au sauveur. Je vous la laisse, maintenant. Elle est à vous.

Mais la princesse ne l'entendait pas de cette oreille.

— C'est un scandale! s'écria-t-elle. Ce

n'est pas comme ça qu'on sauve une princesse! Il n'y a même pas eu de combat!

— C'est pourtant ce qui est marqué dans le contrat, rétorqua le sauveur de princesses en sortant un papier de sa mallette.

— Faites voir! dit autoritairement la princesse.

Elle lui arracha le papier des mains et lut:

« *Contrat entre le sauveur de princesses, le ravisseur de princesses et le tamanoir magique: le sauveur de princesses sauvera toute princesse en difficulté, et ce, en échange de rien du tout, car tel est mon bon vouloir et mon pouvoir, à moi, le tamanoir magique. Comme je ne tiens pas à ce qu'il prenne des coups, puisque j'ai l'intention de m'en resservir, le sauveur de princesses n'affrontera pas le ravisseur de princesses. Parce que c'est bien plus pratique comme ça. Alors, le vœu de la princesse concernée sera réalisé, elle sera délivrée, et chacun pourra rentrer chez soi. Signé par les trois parties contractantes: le sauveur de princesses, le ravisseur de princesses, le tamanoir magique.* »

— C'est une honte! s'exclama la princesse. Je m'en vais de ce pas me plaindre auprès du tamanoir!

Et elle quitta le ravisseur et le sauveur de princesses, qui regardaient tous deux leurs pieds, avec leurs mallettes au bout du bras et leurs petits vestons bien coupés.

De retour dans la clairière, elle appela:

— Tamanoir magique! J'ai à te parler!

Mais personne ne lui répondit.

Elle appela encore, et le tamanoir magique ne répondait toujours pas.

Elle appela encore, et encore, et encore, et à la fin elle n'espérait même plus que le tamanoir magique lui répondît.

Ce en quoi elle avait raison, car le tamanoir magique ne lui répondit pas.

Alors, déçue, épuisée, la voix cassée, le cœur lourd de n'avoir pas connu le sort des vraies princesses, elle se laissa tomber dans l'herbe et pleura longtemps, tandis que la terre buvait ses larmes.

Puis elle entendit une voix.

— Qu'avez-vous, gente dame ? fit cette voix, qui était très douce et très grave. Quelle peine trouble ainsi votre cœur ?

La princesse leva le nez de l'herbe, puis aussitôt l'y replongea. Elle venait d'apercevoir, en effet, debout auprès d'elle, un monstre comme elle n'en avait jamais rêvé dans ses pires cauchemars. Et pourtant ce monstre était un homme, mais cet homme était si monstrueux qu'il était plus effrayant qu'un monstre. Et pourtant il ne ressemblait pas vraiment à un monstre. Et pourtant, quand on le voyait, on pensait tout de suite à un monstre. Et pourtant, donc, c'était un homme.

Je me rends compte que je ne suis pas très clair. En fait, ce que cet homme avait de monstrueux, c'était son regard. Un regard si froid, si cruel qu'il vous perçait le cœur comme le plus aiguisé des poignards, comme la plus acérée des dents de loup. Seuls, dans le

règne animal, les requins ont un regard qui puisse rappeler celui de cet homme. Un regard fixe. Un regard sans pitié.

— Relevez-vous, dit cependant l'homme au regard fixe, de sa voix douce et grave. Et dites-moi pourquoi vous pleurez.

La princesse, touchée par le ton de sa voix, voulut bien lui répondre. Mais non point le regarder.

— Je viens d'être la victime du tamanoir magique, sanglota-t-elle. Il s'est moqué de moi et m'a humiliée. La honte et le dépit me rongent le cœur.

— Ah, fit l'homme au regard fixe, le tamanoir magique ! C'est le pire charlatan que je connaisse ! Je finirais bien un jour par l'étrangler, s'il me vient sous la main ! Mais il est malin comme un singe et s'arrange toujours pour disparaître après ses mauvais coups.

— Vous-même, lui dit la princesse sans davantage lever le nez du sol, me semblez cependant bien cruel. Et je me demande ce que peut vous chaloir le triste sort d'une princesse comme moi.

— C'est que, voyez-vous, lui répondit l'homme au regard fixe, je suis un vrai monstre, moi. Je ne suis pas un petit ravisseur de princesses à la solde d'un tamanoir de pacotille. Je suis même si méchant et j'ai fait tant de mal qu'aujourd'hui me voilà bien seul. Et que je cherche à me racheter. Seulement, ça n'est pas facile. Tenez, en ce moment, par exemple, j'ai une forte envie de vous étrangler, car vous me semblez faible et malheureuse, et cela excite ma cruauté. Mais je me retiens, de peur qu'on ne me haïsse plus encore. J'ai tant besoin d'amour, quand je ne sais que faire le mal!

— Peut-être, lui répondit la princesse, qui releva prudemment le nez, pourriez-vous m'enlever pour de vrai, alors? Sans m'étrangler tout de suite? En attendant qu'un beau prince me délivre?

— C'est à voir, fit l'homme cruel. Mais il

faudrait que me passe d'abord mon envie de vous tordre le cou. Pourriez-vous cesser de pleurer, belle dame ? Cessez, je vous prie ! L'envie de vous étrangler me point si fort maintenant que je ne pourrai longtemps lui tenir tête !

— Je vais essayer, j'essaie, sanglota la princesse, mais cela n'est guère aisé. Vous me faites si peur !

— Ne me regardez pas, lui dit l'homme cruel, et pensez à quelque chose d'agréable. À un beau prince, par exemple.

— C'est une idée, fit la princesse.

Et elle se mit à penser très fort à un beau prince, oubliant l'homme cruel, et cela la mit dans un tel désir d'amour que quelqu'un finit par l'entendre.

Malheureusement pour elle, ce quelqu'un lui apparut soudain, et ce quelqu'un n'était autre que le tamanoir magique, attiré par cette nouvelle occasion de se moquer du monde.

Malheureusement pour le tamanoir magique, cependant, l'homme cruel était là, lui aussi, et, pour la première fois, tous deux se trouvaient face à face. Saisissant le tamanoir magique par la trompe, l'homme cruel le fit tournoyer au-dessus de lui et l'expédia si loin, tout magique qu'il fût, qu'on n'entendit plus parler de lui pendant un bon moment.

— Vous m'avez sauvé des mauvaises blagues de ce sale tamanoir, dit la princesse à l'homme cruel, et je vous en suis bien reconnaissante. Peut-être à présent consentiriez-vous à m'enlever? La vérité est que vous me faites moins peur, désormais.

Et elle regarda l'homme cruel dans les yeux, et l'homme cruel ne lut plus la frayeur dans les siens, et cela apaisa un peu son envie de l'étrangler. En plus — il pouvait se tromper, bien sûr —, il crut y lire un commencement d'amour, et cela le troubla.

— Je veux bien vous enlever, lui dit-il, pour vous être agréable, mais je ne ressens plus guère de haine pour vous et je crains de ne point savoir pour quelle raison je vous enlèverais.

— Mais pour m'épouser! rétorqua la princesse, qui s'y connaissait, en enlèvements de princesses, et qui se sentait encouragée par la soudaine douceur de l'homme cruel. En étant patient, vous réussirez peut-être à me séduire. Vous pourriez devenir bon, par exemple.

Et, comme elle disait cela, on pouvait lire dans son regard toute l'espérance du monde.

— C'est que ça me paraît délicat, lui répondit l'homme cruel après un temps d'hésitation. Devenir bon, comme vous y allez! Je ne vous hais point, sans doute. Et je crois pouvoir affirmer que je ne vous étranglerai pas. Mais devenir bon! Ça me paraît utopique.

— Qu'est-ce que ça veut dire, utopique? demanda la princesse.

— Ça veut dire exagéré, lui expliqua l'homme cruel. Et qui n'a de chance d'arriver que dans un autre monde.

— Je ne comprends pas pourquoi, étant cruel, vous connaissez tant de choses, remarqua la princesse.

— D'abord, lui expliqua l'homme cruel, ça n'est pas contradictoire, mais il craignit que la princesse ne connût pas non plus ce dernier mot, et il préféra l'expliquer aussi. Je veux dire qu'être cruel n'empêche pas d'être instruit. En plus, comme on n'aime personne, et que personne ne vous aime, on est très seul. Ça laisse du temps pour lire.

— Tout ça, c'est bien beau, répondit la princesse. Mais ça ne vous empêche pas de m'enlever. Et puis vous pourrez me donner le goût de la lecture.

— Quand vous avez une idée dans la tête, vous! s'exclama l'homme cruel. Enfin, je veux bien essayer.

L'homme cruel consentit donc à enlever la princesse. Mais il n'eut pas besoin de cheval pour ça. Il lui prit la main, simplement, et, comme elle était d'accord pour le suivre, il n'eut même pas à la lui serrer. En fait, c'est la princesse qui serra la sienne, pour lui montrer sa reconnaissance.

Ils marchèrent longtemps ensemble, et la princesse remarqua que, sur leur chemin, à leur approche, les animaux se taisaient ou bien encore s'enfuyaient, de sorte que toute la nature était silencieuse. Il n'y avait que les arbres, et l'herbe, aussi, qui continuaient de pousser et de frémir, bien qu'il n'y eût pas de vent. Et l'on eût dit que c'était de peur que les feuilles tremblaient.

Ils parvinrent tous deux en vue d'un château, dont la grise silhouette s'élevait au sommet d'une colline. Ils gravirent cette colline sous un ciel gris, lui aussi, et, quand ils arrivèrent au château, il se mit à pleuvoir. On rentra s'abriter.

— Eh bien, nous y voilà, fit l'homme cruel. Je vais vous montrer votre chambre.

Il conduisit la princesse à sa chambre, qui était fort sombre, et l'homme cruel indiqua juste à la princesse l'endroit où se trouvait l'interrupteur. Puis il la laissa, en la priant de le rejoindre pour le dîner dans la grande salle.

La princesse fit de la lumière. Elle se trouvait dans une chambre somptueusement décorée, avec un papier peint à motif de biches, et dont la fenêtre s'ornait d'une lourde tenture parcourue de fils d'or. Sur un mur, un grand portrait attirait immédiatement le regard. Il représentait une jeune femme.

Or, cette jeune femme, c'était elle.

Elle se demanda si elle rêvait. Elle se pinça, mais le portrait était toujours là. Cependant, il était impossible que l'homme cruel eût orné cette chambre de son portrait. Premièrement, il ne la connaissait pas. Secondement, il était cruel et n'aimait personne.

— C'est illogique, murmura la princesse.

— Non, magique, fit une voix.

Elle venait de derrière elle. La princesse se

retourna. Le tamanoir magique était là, dans la chambre. Il était entièrement recouvert de pansements et s'appuyait sur une canne.

— Au secours! cria la princesse. Le tamanoir magique!

— Tais-toi, voyons! murmura le tamanoir. Sinon, il va venir encore me jeter je ne sais où, et, dans l'état où je me trouve, je ne donne plus cher de ma peau.

— De toute façon, répondit la princesse, elle n'a jamais valu bien cher, ta peau.

— J'ai voulu te rendre service, protesta le tamanoir. Et remplacer le portrait de cette femme, ajouta-t-il en désignant le tableau au mur, par un portrait de toi afin que tu te sentes davantage chez toi dans cette chambre.

— Mais de quelle femme parles-tu? lui demanda la princesse.

Le tamanoir, cependant, n'eut guère le loisir de lui répondre. L'homme cruel, en effet, avait l'oreille fine et, ayant perçu le premier et unique appel à l'aide de la princesse, il grimpait les escaliers du château quatre à quatre. Arrivé à l'étage, il trouva close la porte de la chambre, que le tamanoir avait pris soin de fermer à clé de l'intérieur, à tout hasard. L'homme cruel, d'un coup d'épaule, l'enfonça et surgit dans la pièce. En découvrant le tamanoir magique auprès de la princesse, il entra dans une fureur telle qu'il faillit l'écrabouiller contre le mur. Je parle du tamanoir, bien sûr. Pas de la princesse.

Mais, à la vue des bandages du tamanoir, et de la canne où il s'appuyait, l'homme cruel hésita. Non qu'il eût pitié de lui, en vérité. Il lui sembla seulement qu'achever un blessé eût manqué de grandeur.

— Immonde tamanoir! gronda-t-il néanmoins, le poing levé à toutes fins utiles. Comment as-tu fait pour parvenir jusqu'ici?

— Mais, expliqua le tamanoir, tremblant, c'est vous qui m'y avez envoyé, souvenez-vous. Quand vous m'avez lancé, tout à l'heure. J'ai atterri devant le château.

— Décidément, fit l'homme cruel — mais il ne semblait pas s'adresser au tamanoir, il semblait plutôt se parler à lui-même —, il m'arrive de drôles de choses, aujourd'hui. Je ne tords plus le cou aux princesses en détresse, j'envoie valser des saletés de tamanoirs magiques à deux pas de chez moi quand je voudrais les expédier au bout de la terre, et pour finir j'épargne tout le monde. Enfin, tu ne perds rien pour attendre, ajouta-t-il à l'adresse du tamanoir. Mais qu'est-ce que c'est que ça? s'écria-t-il soudain.

L'homme cruel venait d'apercevoir le portrait de la princesse

— C'est moi, répondit le tamanoir, qui préférait prendre les devants. J'ai cru bien faire. Je me suis dit que la princesse serait plus à l'aise, dans cette chambre, avec ce portrait d'elle.

— Je vois que tu ne marches plus très bien,

tamanoir, remarqua l'homme cruel, mais que tu n'as pas perdu toute ta magie.

— On fait ce qu'on peut, dit le tamanoir.

— À propos de ce portrait, intervint la princesse, j'ai cru comprendre qu'il représentait une autre femme, avant moi.

L'homme cruel regarda ses pieds. Heureusement, il avait encore de la prestance, et ne ressemblait nullement à un vulgaire ravisseur de princesses de seconde zone. Mais, tout de même, il trouvait que c'était un peu embêtant pour son image.

— C'est-à-dire…, commença-t-il.

Il ne put achever sa phrase. Le portrait de la princesse était en train de s'effacer, découvrant une autre jeune femme, belle comme le jour, celle-là, et dont le regard, bien qu'il fût seulement peint, était si clair et brillant qu'on eût dit que deux rayons de soleil traversaient la chambre.

— Je vois, fit la princesse. Je comprends, maintenant.

Et elle fondit en larmes.

— C'était mon épouse, avoua l'homme cruel. Je l'aimais plus que ma vie. Elle est morte il y a deux ans et le fiel est entré dans mon cœur. J'ai maudit le ciel de me l'avoir prise, et j'ai haï la terre entière. Je hais la terre entière.

— Je comprends, sanglota la princesse. Elle était si belle.

Le tamanoir, cependant, déçu par sa magie et craignant des représailles, cherchait à prendre une contenance.

Il essayait des poses avec sa canne, mais il n'avait pas l'air beaucoup plus fier que l'homme cruel.

— Je vais m'en aller, maintenant, déclara la princesse. Et vous laisser à votre peine et à votre haine. Adieu !

Elle se dirigea vers la porte.

— Non ! s'exclama l'homme cruel.

La princesse se retourna.

— Restez, je vous en prie ! supplia

l'homme cruel. Ma femme était très belle, sans doute, mais il n'y a pas que la beauté. Et d'ailleurs ça n'est pas la question. Je crois que je vous aime.

— «Je crois que je vous aime», «je crois que je vous aime», répéta amèrement la princesse. Ça ne veut rien dire, ça. Il faut en être sûr.

— J'en suis sûr, déclara l'homme cruel, qui avait l'air de moins en moins cruel.

— Dans ces conditions, admit la princesse, je consens à rester. Évidemment, il y a un petit problème.

— Lequel? s'empressa l'homme cruel.

— Oui, lequel? renchérit le tamanoir. Si je peux rendre service…

— Toi, ça ira comme ça! gronda l'homme cruel. Contente-toi de te taire.

Le tamanoir se tut.

— Je vous écoute, princesse, dit l'homme cruel.

— Eh bien voilà, dit la princesse. Vous

m'avez enlevée, sans doute. Et, maintenant, nous sommes plus ou moins prêts à nous unir. À moins que je ne me trompe.

— Du tout, du tout! protesta l'homme cruel. Ma douce, mon aimée, ajouta-t-il.

— Bien, bien, fit la princesse. Mais ce que je veux dire c'est que, en attendant, personne ne m'a sauvée, vous comprenez. J'ai besoin d'être sauvée, moi, en tant que princesse. C'est un détail qui compte, quand même.

— Heu, fit le tamanoir, qui leva une patte en l'air pour redemander la parole. Si je peux me permettre…

— Ah non, pas toi! se fâcha la princesse. Tu m'as fait assez de mal, avec ta magie! Tu peux te le garder, ton petit sauveur de princesses en veston!

Le tamanoir, piteux, se tut.

— Je vous ferai observer, ma toute tendre, dit l'homme cruel, que je vous ai sauvée, moi, en vous enlevant. Je vous ai sauvée des sales pattes de ce tamanoir de malheur.

— C'est agréable, vraiment! fit le tamanoir.

— J'insiste pour que tu te taises, fit l'homme cruel en levant le poing.

Le tamanoir, têtu mais non point téméraire, se tut.

— Je n'avais pas pensé à cet aspect des choses, fit la princesse. Mais c'est juste, après tout. Vous m'avez sauvée, en un sens.

— Eh oui, renchérit l'homme cruel. Je vous ai enlevée, je vous ai sauvée, je vous aime, vous acceptez mon amour, peut-être même m'aimez-vous, il ne nous reste donc plus qu'à nous marier.

— Je ne pensais pas que ça irait si vite, avoua la princesse. Mais vous y mettez une telle conviction!

— Ah, ma mie! soupira l'homme cruel en se jetant aux pieds de la princesse. Plaise au ciel qu'enfin la haine me quitte et que l'amour triomphe de toute adversité!

— Allons, nous nous marierons, fit la princesse, c'est entendu, mais je vous prierai, à l'avenir, d'employer des mots plus simples. Adversité, vraiment!

— Comme vous voudrez, mon cœur! dit l'homme cruel.

Le tamanoir toussa discrètement.

— Quoi, encore? fit l'homme cruel.

— Je vais peut-être y aller, là, proposa le tamanoir. À moins que vous n'ayez besoin de moi.

— Non, non, dit l'homme cruel, qui lui fit signe de partir du revers de la main, comme on chasse une mouche, tout pressé qu'il était d'embrasser la princesse, ou à tout le moins de lui baiser la main. Mais il se reprit. Attends, tamanoir, dit-il. Attends. Si. Je vais peut-être avoir besoin de toi.

— À votre service, fit le tamanoir.

— N'en rajoute pas, s'il te plaît, lui dit l'homme cruel. Mais je vais avoir besoin d'un témoin, pour mon mariage. Je suppose que vous avez ce qu'il faut, vous, ajouta-t-il à l'adresse de la princesse.

— En effet, répondit la princesse, j'ai toute la cour à ma disposition.

— Tandis que moi, reprit l'homme cruel en se tournant de nouveau vers le tamanoir, je ne connais plus personne, avec tout le mal que j'ai fait. Alors j'ai pensé…

— Mais c'est bien naturel, rétorqua le tamanoir. Qu'est-ce que vous préférez? proposa-t-il. Le sauveur de princesses? Le ravisseur? Ils présentent tous les deux très bien, vous savez. Attendez, vous choisirez plus tard, je vais les faire venir, ajouta-t-il en désignant de sa trompe la princesse. Je vais lui donner encore un petit coup de langue.

— Ah non! Suffit! protesta la princesse. Ne m'approche pas!

— Non, tamanoir, reprit l'homme cruel. C'est toi que je veux.

— Vous me flattez, répondit le tamanoir.

— Je n'ai pas le choix, fit l'homme cruel. Je te l'ai dit, je n'ai plus personne.

— Je ne me marie pas en présence de ce tamanoir, fit la princesse.

— Ce n'est pas un mauvais bougre, au fond, plaida l'homme cruel. Et puis sans lui nous ne nous serions pas rencontrés.

— Faut-il que vous me plaisiez…, soupira la princesse. Enfin, bon, c'est entendu, je l'accepte. Mais à une condition.

— Tout ce que vous voudrez, fit l'homme cruel.

— Ce tamanoir n'est peut-être plus un sale tamanoir, expliqua la princesse, puisqu'il semble que notre histoire en décide ainsi. Mais c'est un tamanoir sale. Ses pansements sont dégoûtants, beurk. Il conviendrait qu'il en changeât.

— Eh bien, tamanoir? fit l'homme cruel.

— Oui? fit le tamanoir.

— C'est mon pied, que tu veux aux fesses, pour courir à la pharmacie?

— Heu, non, excusez-moi, dit le tamanoir.

Et du plus vite qu'il put, en s'aidant de sa
canne, il s'en fut.